JEAN TEULÉ

Jean Teulé est l'auteur de quatorze romans, parmi lesquels *Je, François Villon*, qui a reçu le Prix du récit biographique, et *Le Magasin des Suicides*, traduit en dix-neuf langues, dont l'adaptation en film d'animation par Patrice Leconte est sortie sur les écrans en 2012. *Darling* a été adapté au cinéma par Christine Carrière, avec, dans les rôles principaux, Marina Foïs et Guillaume Canet. Sous le titre *Arrêtez-moi !*, *Les Lois de la gravité* a également fait l'objet d'une adaptation cinématographique en 2013 par le réalisateur Jean-Paul Lilienfeld, avec Miou-Miou et Sophie Marceau. *Le Montespan*, prix Maison de la Presse et Grand prix Palatine du roman historique, sera le prochain film d'Olivier Marchal. Le dernier roman de Jean Teulé, *Fleur de tonnerre*, a paru aux éditions Julliard en mars 2013.

FLEUR DE TONNERRE

JEAN TEULÉ

FLEUR DE TONNERRE

JULLIARD

Pocket, une marque d'Univers Poche,
est un éditeur qui s'engage pour la préservation
de son environnement et qui utilise du papier fabriqué
à partir de bois provenant de forêts gérées
de manière responsable.

© Éditions Julliard, Paris, 2013
ISBN 978-2-266-24446-6

Chaque pays a sa folie. La Bretagne les a toutes.

Jacques Cambry,
fondateur de l'Académie celtique en 1805

Plouhinec

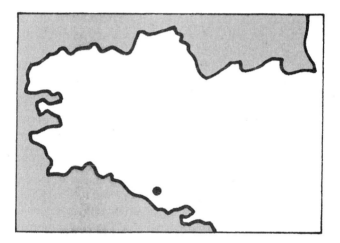

— Ah mais ne cueille pas ça, Hélène, c'est une fleur de tonnerre. Tiens, c'est ainsi que je devrais t'appeler dorénavant : « Fleur de tonnerre » ! Ne tire pas sur cette tige non plus, c'est celle d'une fleur à vipère. On raconte qu'une femme qui en avait confectionné un bouquet est devenue venimeuse et que sa langue s'est fendue en deux. À sept ans, est-ce que tu vas finir par comprendre ça ?! Ne cours pas, mollets nus, vers ce champ, les pétales de coquelicot sont suceurs de sang, et ne marche pas là-dedans, tu vas souiller tes sabots, fleur de bouse ! Ne porte pas ces brillantes boules noires à tes lèvres, les baies de belladone sont poison mortel. Oh, avoir une fille comme toi !... C'est qui, celui-là au loin, venant sur la lande ? On ne le connaît pas. Et derrière lui, les roues en l'air près d'un petit bonhomme, ce n'est pas la karriguel de l'Ankou au moins ? File nous chercher deux aiguilles, ouste, Fleur de tonnerre !

Après avoir écouté ce discours maternel articulé en dialecte celtique, Fleur de tonnerre – très jolie petite Hélène blonde décoiffée comme un pissenlit et aux pattes maigres sous son jupon violet – cavale, sabots dans une mare où pourrissent des ajoncs et des pailles, vers une misérable ferme couverte de chaume et aux murs en pierres sèches.

Des pierres, en ce paysage, il n'en manque pas !... Partout le granit perce les houx et les chardons. Que des cailloux, peu d'herbe, et le sol est si pauvre que des agricultrices étendent du goémon arraché à la mer pour fumer les terres.

Sur deux rangées, des menhirs en schiste scient le ciel voilé. Au fur et à mesure que l'intrus approche, la lande paraît montrer ses dents sortant de gencives de bruyère. Des femmes de rivière, venant du lavoir, se mêlent aux cultivatrices pour rejoindre la mère de Fleur de tonnerre à qui elles demandent :

— Que te semble cet homme qui nous arrive, Anne Jégado ?

— *War ma fé, heman zo eun Anko drouk.* (Sur ma foi, celui-ci est un Ankou méchant.)

Le monsieur continue d'avancer. La quarantaine élégante, il porte une badine à la main, une pipe aux lèvres, des bottes neuves, un gilet en poil de chèvre. Le tourment d'une brise va mêlant ses cheveux rares sur un front qui se plisse.

— Holà, mesdames ! lance-t-il en français.

Ces femmes et enfants qui ne voient jamais de visiteurs le regardent venir avec étonnement tandis qu'il commente :

— Le chemin qui passe par chez vous est le plus mauvais qu'on puisse imaginer. Il traverse plus de cent étangs et n'a pas la largeur nécessaire pour que deux véhicules s'y croisent.

En souriant, il approche encore. Parmi toutes celles qui l'attendent, plusieurs retirent de leur corsage, entre les seins, l'épingle qui en réunissait les plis tendus :

— À chacune d'entre nous qui lui fera verser une goutte de sang, il ne pourra porter malheur…

L'homme, maintenant tout près, se présente :

— Avec mon collègue resté là-bas, nous sommes deux perruquiers normands venus acheter des cheveux dans cette région où même les hommes les portent longs.

Face à lui, les vieilles en robe noire et les plus jeunes en jupe brun-rouge l'écoutent, hébétées, comme s'il était un voyageur venu de pays extra-ordinaires.

— Me comprenez-vous ? s'inquiète le Normand devant leurs mines interloquées. Parlez-vous français, mesdames ?

Beaucoup d'entre elles lèvent alors les mains sur le haut de leur tête pour détacher l'aiguille qui retient les ailes d'une coiffe dessinant un 8 horizontal débordant de chaque côté du crâne. Les extrémités des larges bandes de tissu blanc tombent sur les épaules et la ravissante Fleur de tonnerre, revenue en chaussettes de vase, tend une aiguille à sa mère – qui porte une simple coiffe plate en toile de ménage – pendant que le perruquier, lui, justifie sa propre présence :

— Débarquée sur vos côtes ce matin d'un bateau, notre charrette bâchée que vous pouvez observer derrière moi, avant même d'avoir roulé trois lieues, a déjà versé dans une ornière. N'y aurait-il pas, en ce lieu-dit, des hommes qui pourraient nous aider à la remettre sur...

« *Ann diaoulou !!!...* » vocifère une femme, alors toutes les lavandières, agricultrices, se jettent ensemble, pointes métalliques en avant, sur le Normand. C'est comme un nid de guêpes qui s'ouvrirait sur sa tête presque chauve. Soudain entouré, il est partout piqué de dards. Les aiguilles et les épingles se plantent profondément dans ses fesses, son dos, ses jambes, en plein visage et au ventre.

« Les Caqueux versent du sang par le nombril ! », « Tu seras avalé par la lune !... » Ces sauvages cris celtiques partent en volées autour du perruquier qui se protège des bras et lance ses jambes de tous côtés. Une poussière d'âmes monte des talus et des landes.

Se plaignant de sa destinée, le moissonneur capillaire, comprenant aussi qu'il est soupçonné d'apporter le mauvais sort, se dégage le visage pour faire remarquer : « C'est à peine si la civilisation vous a effleurées. Vraiment, il faut être ici pour assister à des superstitions pareilles ! » lorsqu'une aiguille est plantée dans un de ses globes oculaires. Le perruquier hurle. Figure dans les paumes, il s'enfuit du cercle de cette foi barbare tandis qu'une grosse paysanne regrette malgré tout :

— Ah ben non, pas dans l'œil tout de même ! Qui lui a crevé un œil ? !

Le Normand court à travers de la bruyère rose, du sarrasin en fleur – cette neige de fin d'été. Il crie « Mort-Dieu » et c'est comme si ces femmes avaient mis Jésus-Christ à la porte. Rejoignant son comparse affolé – brun chétif qui déplore : « Si ce n'est pas malheureux d'assister à ça sous l'Empire de Napoléon Ier ! » –, le blessé se retourne. De son œil valide, il découvre au loin des agriculteurs qui cassent la lande, retournent à coups de pioche le sol ingrat, caillouteux, où le soc s'ébrèche. Ces paysans tentent avec acharnement de faire suer des liards aux pierres. Mais là, pognes calleuses sur des manches d'outils semblant dater du Moyen Âge, ils se gondolent devant ce spectacle, en court gilet, culotte énorme, cheveux longs flottant sous des chapeaux ronds. À tous ces autochtones, femelles et mâles, le visiteur mutilé crie :

— Arriérés, tarés ! Dégénérés !…

Ça se passe au hameau de Kerhordevin en Plouhinec (Morbihan). Les perruquiers dessanglent leur cheval de la charrette retournée, couverte d'une bâche jaune sur laquelle on peut lire en penchant la tête : *À la bouclette normande*. Chevauchant maintenant à cru la même monture, ils franchissent un étang (où l'équidé va à la nage) tout en gueulant après les gens qu'ils abandonnent sur la lande :

— Abrutis !

*
* *

— *Piou zo azé ? !* (Qui est là ? !)

Dans une miséreuse chaumière, la porte donnant sur l'extérieur s'ouvre toute grande. Anne Jégado, assise devant son rouet, ne voit que la nuit claire, puis se dessiner la silhouette de sa fille sur le seuil :

— Ah, c'est toi, vilaine *groac'h* (fée) ! Ce que tu m'as fait peur ! Mais pourquoi as-tu frappé trois fois avant d'entrer ?

— J'ai seulement cogné mes sabots pour les décrotter, maman.

— Tu ignores donc, Fleur de tonnerre, qu'un bruit fortuit répété trois fois prédit un malheur ? Ignores-tu que c'est ainsi que fait l'Ankou ? Avant de charger le corps d'une victime dans sa charrette, il l'appelle trois fois d'une voix sépulcrale. Par exemple, pour moi, il crierait : « Anne ! Anne ! Anne !... » Regarde, ton père aussi fut effrayé. Il a même aussitôt sorti son épée du fourreau, messagère de malheur. Où traînais-tu encore à cette heure, au *Penn ar bed* (Bout du monde) ?

— J'étais contre un *men hir* de la lande.

— Encore ? ! Mais à quoi peux-tu donc bien rêver, si souvent adossée contre ces pierres levées ?

Et toujours en langue *brezhoneg* bien sûr, puisque à Plouhinec on ne parle que breton, la mère réclame maintenant les sabots de sa fille – « *Boutoù-koat !* » – pour aller les emplir de cendre chaude afin d'assécher et de réchauffer les pieds de sa petite.

Dans cette cahute pleine des fumées d'un feu alimenté de bouses de vache et de mottes séchées, des châtaignes rissolent sous la cendre. Une crémaillère et des poêles à crêpes pendent au-dessus d'un trépied rouillé.

Le père de Fleur de tonnerre, assis sur l'un des deux murets situés de chaque côté de l'âtre, se lève pour remettre en son fourreau, au-dessus de la cheminée, une épée à la lame flamboyante ornée d'un blason (armes de gueules au lion d'argent lampassé de sable). Un voisin laboureur, installé sur l'autre muret, s'extasie :

— Ah mais c'est vrai que tu es un noble, toi, Jean...

— *Noblans Plouhinec, noblans netra !* (Noblesse de Plouhinec, noblesse de rien !) minimise Jean Jégado. Descendre de Jehan Jégado, seigneur de Kerhollain qui sauva Quimper prise par le brigand La Fontenelle, ne me rend pas la lande moins pénible à sillonner aujourd'hui. Mais bon, c'est le destin des cadets aristocrates, admet-il avec fatalité en se rasseyant sur le muret pour ôter de son gilet une pipe en terre de Morlaix.

Il la bourre d'un pouce avec du mauvais tabac-carotte grossièrement haché. Un tison au bout d'une pince lui sert d'allumette. Trois bouffées, un jet de salive dans les flammes, et il regrette :

— Être le cadet, né d'un cadet, lui-même né d'un cadet qui... Et à chaque héritage le morcellement des terres au profit des aînés, tu te retrouves en fin de race avec une minuscule parcelle sur cette lande de pierres. L'année ne fut pas fameuse. Encore une mauvaise récolte, tu ne peux rien payer, vends ce que tu as pour rembourser tes dettes et te retrouves mendiant sur les routes.

L'ancien noble a dû adopter les craintes des pauvres paysans mais il conserve la fierté de son sang près de sa femme qui maintenant découd le bas d'un vêtement plissé :

— S'il paraît que vont bientôt être mises en vente, par lots, les pierres du château de Kerhollain, on a encore nos armoiries en haut de la maîtresse vitre de l'ancienne église au bord de la ria d'Étel. Hélas, ce vitrail est tellement couvert de mousse qu'on n'aperçoit presque plus rien. Il faudra bien qu'un jour je prenne une échelle pour aller le nettoyer avec du vinaigre…

Jean Jégado pompe, sur le tuyau de son brûle-gueule, ce tabac infumable qui demande une aspiration de machine pneumatique. Du même âge que sa femme – une trentaine d'années –, il est maigre, de figure couleur châtaigne. Menton glabre mais des cheveux très longs, Jean est vêtu d'un traditionnel *bragou-braz* (large culotte s'arrêtant aux genoux) et de bas de laine. Il entrouvre son gilet fermé à droite par des boutons métalliques.

— Sinon, qu'est-ce que tu racontes, Le Braz ? demande-t-il au laboureur assis de l'autre côté des flammes.

— Non, répond l'autre, la tête ailleurs. Je pensais à ton Hélène, là, et à son attirance pour les hautes pierres…

— Mais tu n'as jamais peur toute seule, sur la lande, de nuit ? s'étonne Anne, rétrécissant un ourlet près de sa fille, sur le banc-coffre adossé à un lit-clos.

— Non, pourquoi ?

— Quand j'étais minot, se souvient Le Braz, on me disait que, tous les cent ans, les pierres de la bruyère vont boire à la rivière et pendant ce temps-là libèrent les trésors qu'elles cachent...

— Ben pourquoi, petite sotte... Parce que tu aurais pu tomber sur l'Ankou, pardi ! s'inquiète la mère de Fleur de tonnerre. Tu lui aurais demandé : « Que faites-vous ici ? » Il t'aurait répondu : « Je surprends et je prends. » « Vous êtes donc un voleur ? » aurais-tu voulu savoir et il t'aurait avoué : « Je suis le frappeur sans regard ni égard. »

— Moi, intervient Madeleine, l'épouse de Le Braz (fermière ronde, à tête de pomme à cidre, qui file sa quenouille près du laboureur), on me racontait que les pierres levées étaient une armée de fantômes immobiles – toute une noce changée en cailloux pour une faute qu'on ignore.

— Lève-toi, ordonne Anne à sa fille, que je vérifie si ce jupon de fête est maintenant à ta taille. À même pas huit ans, ce que ça pousse une Fleur de tonnerre !

— Maman, c'est qui l'Ankou dont tu parles si souvent ?

La force du feu désengourdit peu à peu les membres et aussi les langues dans cette chaumière au sol en terre battue avec étable séparée des gens par une cloison arrivant au niveau de la hanche. Du côté des bêtes, une vache maigre, trois moutons, et un âne pelé qui secoue ses longues oreilles quand Le Braz prédit :

— Des pierres druidiques, ici, on en verra de moins en moins puisque lorsque le clergé ne s'en sert pas dorénavant comme carrière pour construire des chapelles, il les catholicise en taillant une croix romaine à leur sommet.

Jean Jégado, posant les talons de ses sabots sur le rebord défoncé d'un fauteuil historique, dédaigné par ses aînés, n'en est pas étonné :

— Les religions se succèdent en se pénétrant. La nouvelle prend le dessus en avalant l'ancienne qu'elle digère avec le temps.

— L'Ankou, mais c'est l'ouvrier de la mort ! explique la mère en plaquant le haut de l'habit plissé contre les hanches de sa gamine à la tignasse blonde, poussiéreuse et rêche comme du crin. Bon, allez, il ira bien encore pour cette année. Pousse-toi que je le plie et le range.

Soulevant le couvercle du banc-coffre, la maman révèle :

— Il n'y a rien de pire que l'Ankou ! Se promenant en Bretagne avec sa charrette, il la charge des corps, frappés d'une puissance invisible, de toutes celles, ceux, qu'il fauche sans distinction.

— À quoi ressemble-t-il ? demande Fleur de tonnerre, soudain avec gourmandise.

— Mais si un jour il n'y a plus de menhirs, Anatole, autour de quoi iront les Poulpiquets, brr..., ces vilains nains velus et noirs qui vous prennent par la main pour vous entraîner dans une danse folle jusqu'à ce que vous mouriez d'épuisement ?

Après avoir hoché la tête, ne sachant que répondre, Anatole Le Braz réclame : « *Gwin-ardant !* » à sa rondouillarde qui lui passe la bouteille d'eau-de-vie dont il sert aussi largement Jean Jégado dans une bolée en terre.

— L'Ankou est vêtu d'une cape et coiffé d'un large chapeau, décrit Anne Jégado en se rasseyant. Il tient toujours une faux au fil affûté. Souvent représenté sous la forme d'un squelette, sa tête vire sans cesse au haut de la colonne vertébrale ainsi qu'une girouette au bout de sa tige afin qu'il puisse embrasser d'un seul coup d'œil toute la région qu'il a mission de parcourir.

— Tu l'as vu, toi, maman ?

Après s'être essuyé les lèvres et avoir rempli pour la deuxième fois la bolée du maître de maison et la sienne, Le Braz entre en rapport avec un monde invisible sauf pour lui :

— L'autre jour, j'ai vu une fée ou alors c'était une Mary Morgan ! En tout cas, c'était une sirène dans un étang. Elle en était sortie pour, sur un rocher, tresser ses cheveux verts en chantant. Un soldat de Port-Louis qui passait, attiré par sa beauté et sa voix, s'est approché d'elle mais la Mary Morgan l'a enlacé de ses bras et entraîné au fond de l'étang.

— Ah, ça…, constate Madeleine, des fées, il y en a de secourables mais d'autres tellement persécutantes.

Au troisième *gwin-ardant*, bu cul sec et qui fait briller les yeux, Jean, descendant de Jehan, se permet d'intervenir :

— Mélusine, d'accord, mais la fée Viviane, hips, je trouve qu'il y aurait à redire !

— Ben non, je n'ai pas vu l'Ankou, bien sûr ! s'exclame Anne, iris clairs au plafond. Qui voit l'Ankou ne pourra pas le raconter… mais on dit qu'il y a une statue de lui dans la chapelle maudite des Caqueux, tu sais, ces parias qui vivent dans les landes éloignées. D'ailleurs, là-bas aussi, se trouve une pierre levée.

— Pourquoi l'Ankou fait-il mourir les gens ?

— Pourquoi ?… Il n'a pas besoin de raison, l'Ankou, avec sa charrette dont l'essieu grince toujours : « *Wik… Wik…* » Il croise ou s'introduit chez les êtres, ne se fâche jamais après quiconque. Il les fauche, c'est tout. De maison en maison, c'est son travail, à l'Ouvrier de la Mort.

L'enfant ne dit plus rien. Sur le soir, lors des veillées, la chandelle de résine éclaire à peine et la lumière se fait magicienne. Un sifflement de vent entendu dehors, c'est la voix d'un noyé qui réclame un tombeau. « La mer vient de faire des veuves. » Ils l'ont perçu aussi dans le bruit des feuilles. Après l'eau-de-vie plus quelques bouteilles de mauvais cidre, l'imagination rêve ici. Quand la nuit sera bien noire, ils conteront plus d'une histoire à faire froid dans le dos. Dans cette étouffante chaumière privée d'air, les volutes des émanations de la cheminée et des pensées s'entremêlent. « J'ai vu passer une étoile filante. Un curé va se pendre ! »

Vu de l'extérieur, des filaments de fumée s'échappent en rubans gris clair de sous la porte, des contours de la petite fenêtre, d'entre les pierres sèches des murs, parmi les tiges de chaume du toit, et grimpent en boucles vers le ciel étoilé. Comme dans la mare où pourrissent les pailles, à l'intérieur de la cahute les têtes fermentent :

— J'entends un bruit sur la route !…

— Hein ?

— Vous n'avez pas ouï grincer l'essieu d'une charrette ? demande Anne à tous.

— En vérité, non, lui répond son mari.

— Quel bruit ! Des chevaux soufflent avec une telle force qu'on dirait un vent d'orage… Le grincement de l'essieu me déchire l'oreille et vous, vous n'entendez rien ?

— Non, dit Anatole Le Braz.

— À un moment, l'attelage s'est mis à piétiner sur place comme impuissant. Ah, il en a donné des coups de sabot au sol. Cela a sonné comme des marteaux sur l'enclume.

Aussitôt, dans la chaumière, tous gardent un silence profond pour bien écouter. Les cheveux de Jean sont tellement raidis qu'il pourrait s'en servir d'aiguilles. Anatole se lève finalement pour observer la route à travers la petite fenêtre de corne.

— Mais non ! C'est la charrette, renversée ce matin, que ses deux propriétaires viennent rechercher avec des gars du bourg et un second cheval pour la redresser. Ils portent des lumières autour du véhicule bâché.

— Ils osent venir de nuit vers chez nous ? s'étonne Jean.

— Bah, de jour on ne peut pas dire qu'ils ont été bien reçus, surtout le grand au gilet en poil de chèvre, se doit de reconnaître Madeleine Le Braz. J'aimerais vraiment connaître le nom de celle qui lui a crevé un œil.

— Je ne sais comment je ne suis pas devenue folle, murmure Anne, encore blême et tremblante.

— Folle assez, vraiment ! s'agace son mari. Est-ce qu'on se met dans ces états pour une charrette qu'on redresse !

— Oh, ce que j'ai entendu n'était pas une charrette comme les autres.

— Tu es *briz-zod*, ma pauvre Anne…

— Non, je ne suis pas stupide ! Hausse les épaules autant que tu voudras. Je te dis, moi, que la karriguel de l'Ankou est en tournée dans les parages. On ne tardera pas à savoir quelle est la personne qu'il vient chercher.

Les paupières de Fleur de tonnerre battent comme des pétales. Sa mère lui indique que :

— L'heure du bonsoir a sonné.

Pendant que l'enfant s'agenouille sur le *banc-tossel* pour écarter les portes du lit-clos, Jean Jégado dit une de ces choses… comme on reprendrait une conversation normale :

— Est-ce que tu savais, Le Braz, que Cambry s'est transformé en chien noir ?

— Jacques Cambry qui est mort l'an dernier ? Mais comment le sais-tu ?

— C'est lui qui me l'a annoncé. J'ai croisé un chien noir qui m'a dit : « Je suis Cambry. »

La religion druidique, cette mère des fables et du mensonge, laisse un fantôme dans l'imagination de Fleur de tonnerre qui se glisse sur une balle d'avoine pour trois. Elle chasse une poule afin de tirer la couverture faite de morceaux d'étoffe assemblés les uns aux autres et appuie sa nuque sur un sac d'ajoncs pilés. Derrière les portes, elle entend d'autres *nozveziou*, contes de veillées d'adultes. L'eau-de-vie les agite en des récits, aveux bizarres :

— Les fées des fontaines enlèvent les grosses femmes !

— Le *bag-noz* est un bateau-sirène en cristal qui conduit ses passagers jusqu'à l'île d'où l'on ne revient pas.

— Bien sûr que je me suis engagé dans la chouannerie pour défendre Louis XVI et les nobles ! J'étais opposé à la Grande Révolution, ennemie des miracles…

— Vous n'entendez vraiment rien ? !

Dans le lit-clos, l'enfant a attrapé un petit scarabée doré qui se baladait contre une planche. Au bord d'une oreille et appuyant de ses ongles, doucement par à-coups, Fleur de tonnerre écoute les craquements de la carapace semblables aux grincements d'essieu de la *karriguel an Ankou* qui démarre :

— *Wik… Wik…*

*

* *

— OUIN ! OUIN ! OUIIIN !…

Au loin, le bourdon d'un biniou, gonflé par le souffle de son sonneur, émet une note continue : « OUIIIN… » Sur cette base d'accompagnement, une bombarde déclenche le branle. Les sons des instruments déchirent l'air. Bras dessus, bras dessous, formant une ronde bretonne, femmes, hommes et enfants ont revêtu leurs habits de *fest-noz*. Les sabots tapent dans la boue et la voix d'un chanteur se lance :

Canomp amouroustet Janet,
Canomp amouroustet Jan !
(Chantons les amours de Jeanne,
Chantons les amours de Jean !)

Fleur de tonnerre les voit tous, là-bas. La petite cornemuse sonne à l'octave supérieure de la bombarde. Les notes ont un rhume et les *do* sont des *la* mais qu'importe, on pleure en entendant cela :

Jean aimait Jeanne,
Jeanne aimait Jean.

Au centre du cercle des danseurs a été allumé un grand feu de branchages bourré de pétards. Des explosions filent dans tous les sens, ajoutant des pétillements d'étoiles à la nuit. Vu d'où se trouve Fleur de tonnerre, le tourbillon lumineux ressemble à une petite crêpe posée sur la lande... d'autant que les sabots qui battent la mesure, en remontant, entraînent sous leur semelle une boue jaune qui s'élève et s'étire telle une pâte mêlée de grumeaux – débris de schiste provenant des mégalithes qui se trouvaient là, mais récemment couchés et découpés afin d'en faire des linteaux de portes d'églises. Tout à l'heure, comme en réponse, les danseurs incendieront au bûcher une grossière statue en bois de la Vierge dont la foule se disputera les restes carbonisés.

Mais depuis que Jean est l'époux de Jeanne
Jean n'aime plus Jeanne ni Jeanne Jean !

La chanson est terminée. Le maire de Plouhinec se lève pour parler – ce qui lui arrive trop souvent. La majorité s'égrène vers la buvette. Des crêpes s'empilent sur les tables. On renouvelle la provision de far. Le soir verse du feu dans les verres à la fête et les garçons allument des lanternes. Une femme pousse de la voix une gaie chansonnette. Le biniou et la bombarde s'en mêlent. À nouveau les coups sourds des talons semblent une pluie lourde dans les éclats pierreux et la boue. Les chapeaux ronds des hommes soubresautent avec, derrière, deux guides de tissu noir qu'ils laissent flotter. Ces rubans se divisent et figurent au vent tantôt les ailes tournoyantes d'un moulin, tantôt les vagues ondulantes de la mer. C'est la danse !

Quittant cette auréole de feux, une bergère d'une dizaine d'années tout endimanchée mais guère jolie – face plate, nez camus, yeux globuleux à ras de tête – rejoint Fleur de tonnerre :

— Tu ne viens pas à la fête, Hélène ? Tu rêves ?

Hélène Jégado, dernière descendante d'une famille noble de Bretagne, est adossée contre une immense pierre levée qui emporte ses pensées au ciel. Sur la lande inondée de clarté lunaire, le surnaturel l'enveloppe. Elle se charge de l'énergie du menhir et se baigne avec délices dans le clair-obscur des légendes bretonnes :

— J'entends mourir et remourir un chant lointain...

En exubérante tenue de cérémonie traditionnelle et jupon plissé à la bonne longueur, Fleur de tonnerre porte une coiffe blanche rabattue sur les oreilles. En face, la petite bergère lève son lampion à vitraux pour contempler la fille Jégado aux yeux céruléens d'enfant celte :

— Hélène, pourquoi t'approches-tu tant de la chapelle des Caqueux ? Ici, il n'y a que des génies du mal qui se promènent pour piéger les vivants. On dit que c'est là que des fées célèbrent leurs orgies meurtrières et justement autour de cette pierre levée que se cachent, sous terre, ces nains barbus qui apparaissent pour vous forcer à entrer dans leur ronde jusqu'à ce qu'on meure de fatigue. Tu sais, les...

— Les Poulpiquets, Émilie.

— Moi, je préfère danser avec les beaux gars du *fest-noz*. Tu ne veux vraiment pas venir ?

— Non. J'ai rendez-vous avec l'Ankou dans la chapelle.

— Hein ? ! Pénétrer en ce lieu de culte maudit...

et puis un rendez-vous avec l'Ouvrier de la Mort. Mais tu deviens folle, ma pauvre Hélène !

— C'est possible…

Émilie se bouche les oreilles pour ne pas en entendre davantage. Lampion entre les doigts, elle retourne en courant vers la fête tandis que Fleur de tonnerre s'introduit dans ladite chapelle. Sitôt ses petits doigts plongés non pas dans l'eau bénite mais celle, lustrale, d'une fontaine sacrée, l'enfant découvre les peintures vertes des murs se détachant comme les écailles d'une bête. Leurs teintes sans éclat affligent l'œil et la voûte romane de l'édifice s'abaisse. Dieu paraît vaincu en cette église dégénérée qu'éclaire un rayon de lune traversant un vitrail. Devant la maîtresse vitre, trône sur l'autel, à l'intérieur duquel des crânes sont exposés dans un ossuaire, la statue de l'Ankou. Tout autour du bord épais de la table en granit, Fleur de tonnerre pourrait, si on le lui apprenait, comprendre ce qui est gravé sous la représentation de l'Ankou :

Je ne ferai grâce à personne.
Ni pape ni cardinal je n'épargnerai. Pas un roi, pas
une reine. Ni leurs princes ou princesses.
Je n'épargnerai ni prêtres, bourgeois, juges, médecins
ou marchands, ni pareillement les mendiants.

« Le voilà donc, taillé dans du bois noir, l'Ouvrier de la Mort… », pense la gamine qui lève la tête. La place des yeux et celle du nez de l'Ankou sont vides et la mâchoire inférieure pend. C'est en fait un squelette tenant verticalement une faux plus haute que lui. La courbe de la lame semble, à la fille d'agriculteur, curieusement disposée. L'enfant ressent dans la tranquillité de son corps une boule de neige et sa tête roule en des rêves.

Dehors, le lampion de la bergère Émilie, courant sur la lande, projette, à travers le vitrail, un autre rayon de lumière qui tourne. Il étire l'ombre de l'Ankou qui se déplace pour venir se fondre exactement en Fleur de tonnerre. L'ombre de l'Ouvrier de la Mort paraît maintenant porter une coiffe d'enfant bretonne. Ô le cerveau de petite fille qu'un tel prodige affole ! Ainsi que l'Ankou, elle lève un bras comme si elle tenait une faux.

*
* *

— Pourquoi y a-t-il des boules noires dans ma soupe d'herbes et pas dans celle d'Hélène ?

Émilie, venant s'installer à table près de Fleur de tonnerre déjà assise, se pose la question à voix haute devant son écuelle. Anne Jégado qui, pour se servir elle aussi, plongeait une louche dans la marmite au-dessus du pétillement des bûches, pivote en la chaumière où la bergère a été conviée au déjeuner à la demande de sa fille. La mère s'étonne en se dirigeant vers l'assiette incriminée :

— Quelles boules noires ?... Oh, mais ce sont des baies de belladone ! Surtout n'y goûte pas. Ma petite Le Mauguen, heureusement que tu les as vues ! Et toi, Fleur de tonnerre, qu'est-ce que c'est que cette blague que tu as voulu faire à Émilie ? Je ne t'avais pas dit que ces baies étaient poison ? ! Encore une chance que tu ne les aies pas au préalable écrasées en bouillie. Tu aurais pu en mettre beaucoup plus. On ne se serait aperçu de rien et alors...

*
* *

Fleur de tonnerre essuie le front en nage de sa mère allongée à plat dos sur la table. Elle lui serre aussi longuement les mains : « Ça va aller, maman... » La malade a les yeux flottants, une respiration accélérée. Sur sa peau éclosent des taches violettes. Au voisin Le Braz, vite accouru, qui demande : « Que s'est-il passé ? », Jean Jégado répond : « Elle est tombée comme une vache sous le merlin. Hélène m'a raconté la scène. Au souper, après avoir servi pour elle et notre fille deux écuelles de bouillie de blé noir, Anne est allée dehors souffler dans le cornet afin de m'appeler aussi au repas pendant que la petite mangeait. Quand ma femme est revenue, elle a également avalé sa bouillie à laquelle elle a reproché un arrière-goût amer mais a quand même tout ingurgité, essuyé son écuelle avec du pain, et puis voilà... Où est sa bague qu'elle avait au médium ?... Une chevalière familiale gravée de l'écusson des Jégado que je lui avais offerte le jour de nos noces ! »

La grosse Madeleine Le Braz, sous l'empire des superstitions bretonnes, pratique l'épreuve des dix bouts de chandelles qu'elle a coupées de taille égale. Cinq mises d'un côté pour la mort, cinq ailleurs pour la vie. Celles-ci s'éteignent vite les premières, alors la rondelette épouse du laboureur prédit avec réalisme :

— C'en est fini de la malade.

— Quelqu'un vient ? demande Jean.

30

Anatole vérifie par l'unique petite fenêtre de la chaumière :

— Non, pourquoi ?

— J'avais cru entendre le roulement cahoteux d'une charrette…

Madeleine jette déjà des feuilles de menthe, de romarin et d'autres plantes aromatiques sur le futur cadavre :

— Il faut aussi vider l'eau des vases de crainte que tout à l'heure l'âme de la défunte n'aille s'y noyer.

Mme Le Braz exécute cette tâche tandis que Jean, désemparé et impuissant, ne sachant que faire pour se rendre utile, s'empare machinalement du manche d'un balai.

— Non, non, non, pas de *scubican anaoun* (balaiement des morts) ! conseille Madeleine. On ne brosse pas la maison d'une bientôt trépassée car son âme s'y promène déjà et les coups de balai pourraient la blesser.

La ferme s'emplit de soupirs mais tous ici admirent le dévouement, le zèle de Fleur de tonnerre qui, debout près de sa mère et tête baissée, prend tellement soin de la malade à langue verte, lèvres d'où pendent des flocons d'écume. Mais si ces gens pouvaient voir par en dessous l'expression de la petite fille blonde, ils découvriraient qu'en fait elle lui jette un regard qui a quelque chose d'infernal. Elle est devant quelqu'un qui va mourir… C'est comme la naissance d'une vocation. Posant ses phalangettes sur une joue brûlante de sa génitrice, on dirait Mozart enfant écrasant pour la première fois les touches d'un clavecin. Elle murmure ce que les adultes prennent pour un sanglot : « *Guin an eit…* (Le blé germe…) » et sa mère meurt en ne baissant que la paupière droite, ce qui panique aussitôt Mme Le Braz :

— Quand l'œil gauche d'une morte ne se ferme pas, c'est que quelqu'un d'autre qu'on connaît est aussi menacé sous peu !

*
* *

— Oui, c'est vrai, Hélène. Tu as raison. La lame de la faux de l'Ankou est emmanchée à l'envers. Mais comment le sais-tu, toi, à ton âge ? En tout cas, la faux de l'Ouvrier de la Mort diffère de celle des autres moissonneurs parce qu'elle a son tranchant tourné en dehors. Aussi l'Ankou ne la ramène-t-il pas à lui quand il fauche les vivants. Il lance en avant sa lame qu'il aiguise avec un os humain.

Et le père de faire la démonstration du geste à sa fille sur la lande d'un gris argenté par les lichens :

— Comme ça, bien en avant… Tu vois ? Mais pourquoi ça t'intéresse, puisque après ta grande sœur Anna, placée chez le curé de Guern, toi, tu vas tout à l'heure rejoindre ta marraine pour travailler avec elle au presbytère de Bubry chez l'abbé Riallan qu'il te faudra appeler « monsieur le recteur ». Qu'est-ce que tu voudrais faucher là-bas ?

— Papa, il y a des gens à Bubry ?

— Ben oui, c'est quand même un assez gros village.

— Et de la belladone, on en trouve aussi ?

— Forcément, pourquoi n'y en aurait-il pas ?

Hélène mord avec appétit une tranche de pain quand

arrive le joli cabriolet d'un monsieur hautain qui en descend, s'exclamant :

— Ben alors, Jégado le royaliste, je pensais te voir habillé en bleu. T'es pas en deuil, toi ?

— En Basse-Bretagne, les maris ne marquent jamais leur veuvage, monsieur Michelet. Seuls les animaux de la ferme y sont associés. J'ai recouvert ma ruche d'un drap noir et fait jeûner ma vache la veille des funérailles de ma femme. Apprenez ça dès maintenant car on ne sait jamais, vous l'ancien révolutionnaire de la Terreur qui sera bientôt marié, rajoute Jean en remarquant des broderies sur les rubans flottants derrière le chapeau de Michelet – indication qu'il est fiancé.

Le visiteur bien mis — encore jeune et carré d'épaules avec une barbe en collier, ceinture en cuir blanc et souliers à lacets — évalue les deux hectares caillouteux de Jean qui s'étendent jusqu'à la haie de pruniers menant au lavoir.

— Alors comme ça, tu vends toute ta ferme ?

— Déjà qu'avec Anne on avait du mal, seul je n'y arriverai pas. Je vous laisse la chaumière telle quelle avec ce qu'elle contient. Je prendrai seulement mon épée au-dessus de la cheminée.

— Et que vas-tu devenir, le noble ?

— Journalier... mendiant... Je ferai comme les voisins. Vous savez bien la pauvreté et la multitude de fermes abandonnées dans le hameau de Kerhordevin puisque c'est vous qui les achetez toutes.

— Combien veux-tu de la tienne ? demande le riche propriétaire.

— Cent.

— Et puis quoi encore ? Ce n'est pas le château

des Jégado à Kerhollain que j'acquiers. Je t'en donne cinquante mais, comme promis, puisque je dois passer par Bubry, je laisserai ta fille au presbytère. Une très jolie petite fée que tu as là ! Quel âge a-t-elle ?

— Elle fut baptisée le 28 prairial de l'an XI.

— An XI... Tu ne peux pas dire 1803 ? T'en es resté au calendrier républicain, Jean ? Pourtant, hélas, c'est fini cette belle invention laïque de la Grande Révolution. Un Chouan comme tu le fus devrait se réjouir qu'on soit revenu au calendrier chrétien, le grégorien...

— Ah bon ? Je l'ignorais. Vous savez, nous qui sommes incapables de lire les gazettes, c'est seulement par les chansons lors des foires qu'on apprend les gros événements.

— Allez, toi la petite nobliaute, grimpe dans la *karriguel* avec ton bissac en cuir. Il est marqué au fer rouge d'une fleur de lys. C'est celui de ton père ? Qu'est-ce que tu as mis dedans ?

— Un gâteau que j'ai fait.

— Bon, alors Jégado, tu me la refiles ta cahute ?

Jean s'arrache un cheveu et le lance au vent. Cet acte vaut signature de contrat car s'ôter et jeter un cheveu – symbole de la propriété – c'est déclarer qu'on ne reviendra pas sur l'accord puisqu'il sera impossible au vendeur de récupérer le long poil que la brise a emporté.

Le cheveu s'envole en tournoyant et le cabriolet roule, tracté par une jument sur un chemin défoncé à l'ombre de chênes plusieurs fois centenaires. Sac à deux sacoches posé près d'elle, Fleur de tonnerre se retourne vers son père découragé qui rejoint la chaumière. L'enfant perd aussi bientôt de vue les pierres druidiques de son village.

Fin d'après-midi, l'angélus sonne. La voiture légère à deux roues arrive au pas le long de nombreuses minoteries et moulins bas pour s'arrêter devant le presbytère de Bubry. Le riche propriétaire immobile est couché sur le côté avec un bras qui pend. Son fouet traîne sur des pavés saupoudrés de farine. Derrière les grilles de la cure, une femme en tenue de servante et bagnolet flottant sur son front appelle :

— Monsieur le recteur ! Monsieur le recteur !...

Un curé accourt pour rejoindre la domestique qui s'essuie les mains contre son tablier et demande en breton à Fleur de tonnerre :

— Mais qu'est-ce qu'il a, lui, avec sa gencive bavante et des miettes de gâteau dans la barbe ?

— Il est mort, tante Hélène. Ça lui a pris en arrivant dans cette rue.

— Oh, ben ma petite filleule, tu parles d'un voyage !

L'abbé relève la tête de Michelet pour diagnostiquer en français :

— Il a dû avoir une crise cardiaque.

C'est la deuxième fois de son existence qu'Hélène Jégado entend cette langue étrangère à laquelle elle ne comprend rien :

— *Petra ?* (Quoi ?)

Elle observe maintenant la façade de la demeure du curé, aux blasons sculptés cassés par la Révolution, tandis que celui-ci s'étonne du spectacle de la tignasse blonde :

— Mademoiselle Liscouet, la fille de votre défunte sœur va tête nue ?

— Les filles ne portent pas de coiffe avant l'âge de treize ans sauf pour les *fest-noz*, abbé Riallan ! lui rappelle sa servante.

— Qu'est-ce que tu aimes bien faire ? demande en *brezhoneg* l'homme d'Église à la gamine.

— La cuisine, monsieur le recteur.

— Bon, tu aideras ta marraine, éplucheras les légumes, laveras la vaisselle, rangeras les courses dans la remise et apprendras le français. Donne ton bissac. Tiens, en plus de la vie, il a aussi perdu un lacet, celui qui t'a conduite chez moi.

Bubry

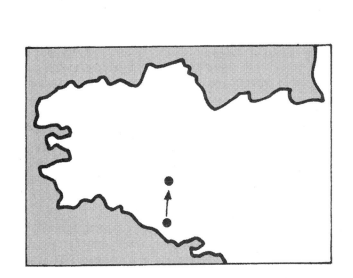

Dans la cuisine du presbytère, Fleur de tonnerre se fait coiffer par sa marraine. Debout face à un débris de miroir fixé contre la porte, la fille Jégado jette de temps en temps un regard au reflet. Elle voit derrière son dos cette sœur de sa mère lisser ses longs cheveux blonds vers le haut du crâne et les enrouler en chignon puis elle sent le glissement des épingles contre son cuir chevelu.

Rapide coup d'œil de la nièce à droite. Avant que sa tante ne passe à l'étape suivante concernant la coiffure, elle demande une pause, juste le temps d'aller plonger une louche dans la marmite et de souffler à la surface du bouillon pour en disperser sur les bords l'écume qu'elle recueille :

— Il faut toujours l'enlever au fur et à mesure qu'elle se forme. C'est toi, marraine, qui me l'as dit comme aussi la bonne manière de faire roussir le beurre. Tu m'apprendras encore plein d'autres choses ?

— Une cuisinière ne donne jamais tous ses petits secrets, sourit la tante maternelle en tablier de Lorient à grande bavette qui recouvre les épaules. Allez, reviens là.

À nouveau en place devant la porte au débris de miroir fixé, Fleur de tonnerre assiste à un événement : par-dessus son chignon, l'installation d'une coiffe bretonne. Oh, un simple carré de tulle blanc pour domestique mais bordé d'une dentelle et dont la marraine explique la disposition en pliant à tel endroit, relevant là, à la façon d'ici :

— Chaque canton possède ses propres broderies et pliures. Voilà, maintenant on sait que tu es une grande fille. Regarde-toi avec ta crinière enfin sagement domptée. Est-ce qu'on ne dirait pas un ange à qui on donnerait le bon Dieu sans confession ?

Fleur de tonnerre rit aux éclats dans un rayon de lumière qui illumine un bahut et voit son reflet pivoter parce que l'abbé Riallan pousse la porte pour entrer dans la cuisine en demandant :

— À qui donc donneriez-vous le bon Dieu, mademoiselle Liscouet ?

— Mais à ma filleule, évidemment. On ne peut que se féliciter d'elle.

Le recteur de Bubry remarque la coiffe :

— Tu as donc déjà treize ans ?

— Aujourd'hui même, 16 juin ! s'exclame la marraine.

— Ça se fête, décide le doux et vieux curé. J'allais partir à Pontivy rencontrer l'abbé Lorho qui me remplacera bientôt. Hélène, est-ce que tu veux venir avec moi ? Pendant que je serais à l'église, tu t'achèterais des friandises puisque c'est ton anniversaire et aussi ce qu'il faut pour régler ce problème de rats dans la remise avant l'arrivée de mon successeur...

— Bien sûr, avec plaisir, *aotrou beleg*.

L'ecclésiastique corrige la jeune fille :

— Monsieur le curé.

— Ah oui, pardon... Bien sûr, monsieur le curé !

Ce disant, elle dénoue les cordons de son tablier pendant que l'homme d'Église l'encense :

— C'est bien. Ça vient aussi, la langue française. Il y traîne encore parfois quelques bretonnismes mais ça progresse beaucoup.

Passé les grilles du presbytère, pendant qu'un valet d'écurie attelle une haridelle à la carriole où grimpe avec difficulté l'abbé, Fleur de tonnerre contemple le village de Bubry – amas de maisons sans ordre avec des abreuvoirs, un marchand de bois de chauffage, des moulins surtout. Près de la halle où l'on débite des viandes, un boucher rappelle à Riallan qu'il devra faire venir chercher son dû : « ... puisque quand on tue un bœuf, un porc, on réserve la tête pour monsieur le curé. » Hélène Jégado allait lever un soulier à boucle vers le marchepied du véhicule quand elle le repose à terre, très étonnée de retrouver, face à elle de l'autre côté de la rue, les deux perruquiers normands qui avaient un jour versé leur charrette au creux d'une ornière de Plouhinec. Devant la bâche jaune déchirée et sous les lettres de *À la bouclette normande*, le petit perruquier installe des chaises, sort des ciseaux tandis que le plus grand – presque chauve, à bandeau noir sur l'œil gauche – appelle les gens en frappant des mains :

— Cinq sous, la chevelure ! Qui veut gagner cinq sous en échange de ses cheveux ? !…

Près du mur où les Normands se préparent sont plantés trois piliers d'où pendent des chaînes en fer rongées de rouille. Des ouvriers saupoudrés de farine arrivent d'une minoterie à l'heure de la collation. Leurs longs cheveux touchent les épaules, couvrent les yeux. D'un geste habituel de la main devant le visage, ils rejettent sur leurs oreilles les longues mèches qui diffusent une poussière blanche pendant que le perruquier borgne se veut conciliant :

— Même si on les préférerait propres et lavés, il n'y a pas de problème, messieurs. On achète également vos cheveux en leur état. Prenez place sur nos chaises.

Mais c'est vers les trois poteaux que se dirigent les ouvriers en se mortifiant chacun : « Que je regrette ma mauvaise action ! Je n'aurais jamais dû faire ça ! Ah, que j'ai mal agi et comme je m'en veux ! » Ils penchent leur front contre les colonnes pour enrouler dans les anneaux une partie de leur chevelure tout en continuant de se reprocher : « J'ai mal parlé à ma mère ! J'ai volé mon frère ! J'ai trahi mon voisin ! »

puis, d'un violent coup de tête en arrière, ils s'arrachent les cheveux qui tombent avec le cuir chevelu. Au sol, on découvre les traces de sang et les scalps à la stupéfaction des deux perruquiers normands qui en bondissent sur place :

— Qu'est-ce que vous faites ! Vous êtes dingues ! Que cela est d'un miel sauvage ! Ce n'est pas possible, ça ! On est où, là ? ! Ah, si vous croyez qu'on va payer cinq sous ces torchons en peau de tête !

Les Normands crient si fort que leur cheval surpris, par réflexe, jette en l'air ses deux sabots arrière que le chétif perruquier se prend en pleine mâchoire et contre une épaule qui casse entre les brancards où il était venu chercher une bassine accrochée devant la charrette. Le grand borgne ramasse son collègue en vrac pour le faire rouler sous la bâche jaune puis, oubliant là les chaises, il bondit sur la banquette du véhicule, fouette l'attelage qui part au galop vers le nord. Rênes en mains, il se retourne et gueule après les Bas-Bretons autosuppliciés :

— Malades ! Cinglés !

L'intérieur de la pharmacie de Pontivy paraît être une sacristie de l'Enfer – employés en blouse qui parlent bas, bocaux étiquetés en latin, des petits paquets mystérieux... Le responsable de l'établissement, homme à lorgnon, demande :

— À qui le tour ? À toi, la jolie ? Que te faut-il ?
— *Reusenic'h !*
— Du quoi ?
— Pas du, de la *reusenic'h* !
— Ah, de l'arsenic...
— Oui, pour tuer les rats. Le curé du presbytère de

Bubry où je travaille en cuisine m'a dit d'en acheter pendant qu'il allait à son rendez-vous.

Le pharmacien se retourne puis lui tend un minuscule flacon.

— Ce n'est pas lourd, soupèse Fleur de tonnerre.

— Dix grammes, mais c'est à employer avec les plus grandes précautions, rappelle l'homme de science en prenant l'argent de la domestique. Cette substance est très dangereuse.

— Pas autant que la belladone quand même…

— Mais beaucoup plus, ma petite, dit-il en rendant la monnaie. Les doses doivent être infimes. Tu feras bien attention, hein ! Ce n'est pas parce que tu es de Bubry qu'il faut t'en servir pour les pâtisseries. Ça ressemble mais ce n'est pas du tout de la farine.

— *Kenavo.*

*
* *

Alors que Fleur de tonnerre tire la porte d'un four, l'abbé Riallan pousse celle de la cuisine dans laquelle il pénètre en grattant sa tonsure.

— Hélène, je te le dis franchement comme à l'angélus, je ne comprends pas. Depuis que tu mets de la poudre blanche dans la remise, les rats y sont de plus en plus gras et leur nombre s'accroît.

— Ah bon ? répond l'adolescente, déposant avec précaution une plaque brûlante sur des carreaux de faïence.

— J'en ai vu un contre le grignol à grains de la taille d'un chat. Pourtant ils avalent le produit de la pharmacie destiné à les exterminer mais c'est comme s'ils s'en gavaient sans nuisance pour leur santé. En reste-t-il ? Je voudrais encore faire un essai.

— Non, j'ai vidé le flacon, dit Fleur de tonnerre en glissant une spatule sous un des deux petits gâteaux de la plaque qu'elle dépose dans une écuelle.

— Quand ta tante reviendra des halles, s'il te plaît demande-lui de passer me voir à l'église. Ah, là, là, mais que pensera de moi le père Lorho..., s'inquiète le recteur en poussant la porte vitrée donnant sur la cour tandis que la marraine arrive bientôt par l'autre ouverture avec des paniers et reniflant :

— Hum ! Ça sent bon la croûte caramélisée ici...

La filleule, qui lave soigneusement une jatte et une cuillère, raconte :

— Pendant ton absence, j'ai essayé d'inventer un gâteau. Monsieur le recteur voudrait te parler.

— Goûtons d'abord ta spécialité.

La nièce conseille à sa tante de souffler dessus parce que c'est chaud.

— Puisque j'ai pu en acheter grâce aux sous du curé pour mon anniversaire, j'ai mis dedans de l'angélique confite.

— Que c'est gentil.

Hélène Liscouet porte le petit gâteau rond caramélisé entre ses lèvres, mord dedans et commence à mâcher. Rougeur de la face, sécheresse immédiate de la bouche et des muqueuses, elle est prise d'une soif intense :

— À boire !...

Faiblesse musculaire, vertige, elle ne tient plus sur ses jambes qui se dérobent sous elle.

Séglien

— ... Et alors le curé de Bubry n'a pas aussitôt appelé le médecin ? demande une domestique, poings sur les hanches, à Fleur de tonnerre accoudée sur la table d'une autre cuisine.

— Si, tante Marie-Jeanne. Mais quand celui-ci est arrivé près du lit où marraine remuait comme une folle, il a juste mis de la poussière dans une boîte.

Il a tracé une croix dessus en disant « Au nom du père... » puis il a rajouté : « La malade guérira si elle donne quelques sous à sainte Widebote. » J'ai gardé en souvenir la dernière serviette qui lui avait servi à s'essuyer les lèvres.

Sur la table trône un pain de seigle près d'un couteau en forme de faucille. Fleur de tonnerre caresse la lame d'un doigt tandis que sa seconde tante maternelle déplore :

— Pauvre gamine... Mes deux sœurs : ta mère, puis ta marraine.

— En plus, regrette Fleur de tonnerre, je venais de lui faire un petit gâteau que j'ai inventé. Je n'ai même pas pu savoir si elle l'a trouvé bon. J'en avais aussi prévu un pour l'abbé Riallan mais avec tout ça j'ai oublié de le lui donner à manger. Je l'ai apporté dans mon bissac. Tu veux le goûter ?

— Tu as mis à l'intérieur des amandes pilées, hein ?

— Il y en a aussi.

*
* *

— Oh oui, vous avez raison, mère. À dix-huit ans, Hélène est vraiment splendide ! Elle va en faire tourner des têtes, celle-là, et ne tardera pas à avoir un petit ami selon moi.

Le curé de Séglien, galant homme qu'on devine aimé de ses paroissiens, est au fond d'un fauteuil face à sa mère qui boit par lampées de chat une tasse de tilleul. Sur la table basse, entre eux deux, des pruneaux au sirop dans des coupelles que Fleur de tonnerre vient d'apporter. Alors qu'elle sortait du salon pour aller en cuisine, l'ecclésiastique s'est retourné vers la si jolie domestique.

— Vous ai-je dit, mère, que sa tante Marie-Jeanne, à mon service depuis des années, est morte comme foudroyée le jour même de l'arrivée de cette nièce venue la visiter après un décès dans leur famille ?

— Je l'ignorais.

— Ça fait donc si longtemps que vous n'avez quitté l'enceinte des remparts de Saint-Malo afin de venir voir votre fils perdu chez les sauvages de Basse-Bretagne, mère indigne ? plaisante l'abbé.

— Depuis mon veuvage, je ne bouge plus trop et c'est un long voyage par des chemins tellement défoncés, où l'on croit périr à chaque tour de roue, qui conduit jusqu'ici. Marie-Jeanne est morte de quoi ? Ton père prétendait que les dysenteries fatales sont communes dans ce pays où tu as ta cure.

— Oui. Beaucoup d'habitants sont aussi brutalement attaqués de maladies scrofuleuses. En tout cas, comme Hélène avait déjà travaillé en cuisine et qu'elle était douée, je lui ai confié la place de sa tante et en suis très satisfait. Bon cœur, se vouant au travail, elle est propre et s'entend à ravir avec ma femme de chambre.

La mère du curé apprécie :

— Ton père disait que, de nos jours, trouver une cuisinière de qualité…

Fleur de tonnerre revient avec une assiette de biscuits qu'elle dépose, puis, s'en retournant, elle s'exclame soudain d'un ton mimant le dégoût :

— Oh, regardez sur le tapis derrière vous, des crottes de souris ! Monsieur l'abbé, il faudrait acheter du produit pour faire crever les rats. Je me disais que puisque votre mère est là, je pourrais en profiter pour aller à la pharmacie de Pontivy.

L'abbé Conan se penche vers ce qu'a désigné sa cuisinière et qu'il ramasse :

— Ce ne sont pas des crottes de rongeurs mais des grains de café. Quand vous avez tout à l'heure cassé avec le maillet les grains enveloppés dans un torchon, quelques-uns ont dû s'échapper pour rouler jusqu'au tapis. Ça m'étonnait aussi, puisque j'ai fait dératiser.

Hélène Jégado grimace d'un rictus contrarié alors que le bon curé propose :

— Reposez-vous enfin, Hélène, et même restez avec nous à dessiner comme vous aimez plutôt que de croupir seule dans votre chambre.

Mme Conan mère juge les attentions de son fils un peu trop progressistes. Sablé breton s'effritant entre les dents, elle grommelle :

— Ton père rappelait : « Chacun à sa place… » Cela dit c'est quand même triste de perdre aussi brutalement une tante.

Fleur de tonnerre – force et santé comme le pain et l'eau et très déesse, mazette ! On ne peut la voir sans l'aimer – est élégamment assise sur une chaise en face d'une table de jeu où elle trace des arabesques sur une feuille de papier en supposant :

— Tante Marie-Jeanne a peut-être été *goestled*.

— Hélène a voulu dire « vouée » traduit le recteur de Séglien à sa mère. Dans la région, d'une personne morte d'un mal inexplicable les gens affirment : « Elle a été vouée à Notre-Dame-de-la-Haine. »

— Notre quoi ? ! s'étouffe la veuve avec un second sablé dans la bouche.

— Reprenez un peu de tisane pour faire passer... Vous savez, mère, ici les Bretons avant leur conversion forcée au catholicisme avaient des autels dédiés à la mort d'autrui et ils ont tenu à conserver ce culte, comme à Trédarzec par exemple. Là-bas, la chapelle Saint-Yves fut rebaptisée Notre-Dame-de-la-Haine. On y prie Santez Anna, soi-disant la grand-mère du Christ, mais en fait Deva Ana, grand-mère de quelques dieux celtes, je crois que c'est ça. Les gens courent de nuit à cet oratoire, prier pour le décès de quelqu'un.

Pendant que Mme Conan, stupéfaite, aimerait savoir : « Et l'Église romaine tolère ces extraordinaires pratiques en ces murs ? », Fleur de tonnerre dessine des anges qui se noient.

— Bien sûr que non, répond le fils. Le recteur de Trédarzec est résolu à bientôt faire démolir sa chapelle et à convertir la statue de Santez Anna en bois de chauffage.

— Ton père avait tellement raison quand il répétait : « La langue que les Bas-Bretons ont conservée, leur dédain pour celle des Français, ne facilite pas dans ce pays la circulation des idées nouvelles... »

Raturant les ailes embourbées d'un ange perdu parmi les arabesques, Fleur de tonnerre demande :

— C'est où Trédarzec ?

— Pas si loin d'ici, en face de Tréguier, répond l'abbé.

— Dans le Morbihan ?

— Non, dans les Côtes-du-Nord, près des récifs de la Manche devant lesquels attendent les naufrageurs.

— Naufrageurs ?...

Trédarzec

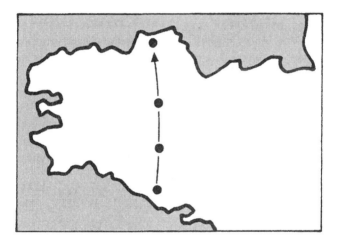

Le soleil replie son éventail et quelques oiseaux planent haut dans les airs. Le soir étire l'ombre de Fleur de tonnerre qui, à Tréguier au bord d'un fleuve côtier, observe le village de Trédarzec situé sur la rive d'en face. Bissac de son père sur l'épaule gauche – une sacoche pendant devant la poitrine et l'autre dans le dos –, elle repère, au sommet de la colline, l'oratoire de Notre-Dame-de-la-Haine. Plusieurs chemins tortueux y mènent à travers des ajoncs et de la bruyère. Près d'un pont de pierres enjambant des algues abandonnées à marée basse, Hélène Jégado est bientôt dépassée par d'autres ombres humaines. Honteuses, elles se glissent, courbées, sur les sentiers qui conduisent à la chapelle mystérieuse. À l'approche de la nuit, on vient de loin pour rejoindre l'édifice. Des Bigoudènes aux yeux obliques, pommettes saillantes de femmes mongoles, avancent comme des oiseaux noirs, suivies par des ouvriers et boutiquiers de Tréguier qui se chuchotent :

— Regarde, là-bas, la femme qui paraît atteinte d'une maladie de langueur. Rondel l'a vouée. Elle n'attend plus que son terme.

Ils vont, pieds nus qui brûlent aux feuilles d'ortie. Fleur de tonnerre les suit où un instinct la guide. En haut de la colline sans verdure, elle incline la tête pour se couler sous un porche et se redresse à l'intérieur d'une chapelle aux poutres d'où des araignées étendent leurs fils.

Sur la nappe de l'autel trône la statue de Notre-Dame-de-la-Haine. En fait une Sainte Vierge classique, aux cheveux ondulés le long de bras aux paumes jointes, mais dont on a beaucoup ridé le visage, et au corps peint en noir couvert d'un squelette blanc. Lors de son moulage, cette Marie en plâtre était sans doute loin d'imaginer qu'un jour elle serait à ce point travestie et vénérée avec accompagnement de prières aussi peu catholiques que celles qu'on lui adresse ici :

— Notre-Dame-de-la-Haine, fais que mon frère s'étende bientôt dans sa bière.

— Je te demande la mort de mes débiteurs infidèles.

Autour de Fleur de tonnerre, des âmes pleines de rancœurs invoquent à voix très basse la prétendue grand-mère du Christ pour obtenir dans l'année le décès d'un ennemi, d'un mari jaloux :

— Je veux qu'il crève dans le délai rigoureusement prescrit.

Certains sont pressés d'hériter :

— Mes parents ont suffisamment vécu.

Trois *ave* dévotement répétés et le peuple veut croire à la puissance des prières faites en ce lieu de culte homicide. La fille de Plouhinec se dit qu'il se tisse de jolis drames autour de sa personne puis, à sa droite, elle entend s'écouler une masculine voix de sable :

— Notre-Dame-de-la-Haine, offrez-moi un naufrage…

Hélène Jégado pivote la tête vers un gars de vingt-cinq ans bien balancé par la vague et le vent qui, prière dite, s'en va. Elle le suit et dehors lui demande :

— Comment tu t'appelles ?

— Yann Viltansoù, et toi ?

Il la regarde à son tour. La perfection absolue de Fleur de tonnerre a quelque chose qui glace. Le charme extrême qu'elle dégage captive instantanément le cœur de Viltansoù qui voudrait savoir :

— On s'est entrevus dans des rêves ?

— Comme tu respires fort, dit-elle.

— Ah ! C'est qu'il fait chaud, répond-il dans la nuit froide.

— Goélands, goélands, ramenez nos maris, nos amants…

Le lendemain après-midi, le long d'une plage de sable blanc et débris de coquillages qui ressemblent à une poussière d'ossements, Yann Viltansoù s'amuse à fredonner la chanson des compagnes de marins :

— Goélands, goélands…

Fleur de tonnerre, ses jolis souliers noirs à boucle dans une main, marche pieds nus près de cet ancien valet d'écurie qui en avait assez :

— … d'avoir un lit dans la crèche aux chevaux pour soigner les bêtes.

Maintenant revêtu d'habits de navigateurs provenant de plusieurs pays – pantalon flottant d'explorateur anglais, ceinture rouge de pêcheur espagnol, chapeau goudronné de commerçant hollandais –, il se penche pour montrer à la fille de Plouhinec comment on ramasse ces coquillages qu'on appelle manches de couteaux :

— À marée basse, tu sèmes du sel sur le sable. L'animal croit que la mer s'approche. Il monte à la surface. Tu le saisis. Je t'ai trouvé aussi deux perles de moules de rivière.

— Merci.

Fleur de tonnerre, pensive face à l'océan, éprouve en elle un abîme de vide. La vue de cet infini stérile l'attriste aux larmes. Là-bas, des îles ressemblent à des baleines endormies et, plus près de la côte, les îlots rugueux aux colorations somptueuses semblent être des bijoux sertis par l'écume argentée des vagues. Quand elles sont hautes, des rayons de lumière les traversent avec des frissonnements qui s'entrecroisent et les cormorans se glissent dans le lit du vent. Leur cri de poulie répond à la secrète inquiétude émise par Yann :

— Aurons-nous cette nuit du gibier de mer ?...

Des hommes s'approchent de Viltansoù qui les salue en levant une main à son chapeau. Le torse nu de l'un d'eux fait penser à ces bois roulés que la mer rejette sur les plages. Un gros individu chauve, mélange d'eunuque et d'équarrisseur, s'entretient avec un vieux aux abondantes boucles blanches sur la manière de sauver un homme qui se noie.

— Autant parler pour ne rien dire, déplore Yann en auscultant la mer dans sa lorgnette.

Les vagues se teintent en violet sur les algues. C'est maintenant une confusion de reflets et de lumières errantes. Au loin passent des barques aux voiles furtivement saignantes dans le soleil couchant. Des femmes arrivent à dos d'âne. Sur le chemin des douaniers bordé de chardons, de ronces, une vache mange le granit. Une sorcière interprète les valses de l'eau pour prédire l'avenir. Des hommes se mettent à genoux en découvrant l'étoile de Vénus. Ils sont vêtus de berlinge, étoffe de chanvre et de laine dont ils font leurs gilets, culottes, d'un brun jaunâtre. Viltansoù remarque le mouvement des navires dans le lointain et constate les changements subits de l'atmosphère. Un bruit de tonnerre ébranle les airs. Soudain, la nuit enveloppe la terre et le vent soulève la mer. Un éclair embrase. Il suit sa course errante et la foudre frappe la côte. D'épais nuages de vapeurs roulent en tourbillons.

Le ciel et l'eau se confondent. Yann sourit, voyant des vaisseaux soudain en perdition, et leur dit :

— Venez à moi ! C'est un jeu...

Délaissant le sable pour remonter sur le sentier littoral qui borde le précipice d'une falaise, Viltansoù, suivi par Fleur de tonnerre, accroche entre les cornes de la vache qui attendait là un lourd fanal de phare côtier en cuivre et verre et, tout en l'allumant, il explique à la fille de Plouhinec :

— Je mets à brûler du charbon car quand le temps est gros, chargé de grain et de brouillard, il flamboie davantage que les feux à huile qui ternissent et sont moins visibles à l'horizon.

Devant les sourcils froncés de la splendide Morbihannaise qui semble ne pas trop comprendre ce qui se trame, Yann, des Côtes-du-Nord, justifie :

— Une prérogative ducale nous a donné le *droit de bris*, donc l'autorisation de se servir dans les épaves rejetées sur le rivage. Mais comme finalement les naufrages naturels près des côtes sont plutôt rares, il nous faut bien forcer un peu le destin. Vive la fatalité organisée et hue ! lance-t-il ensuite à la vache au cou qui ploie sous le poids du fanal éblouissant mais se met en branle.

Tandis que les sabots du bovidé froissent les pierres, Fleur de tonnerre se souvient :

— Près des dunes de chez moi, quand on veut retrouver le corps d'un noyé, on allume un cierge sur un pain qu'on abandonne au cours de l'eau. On retrouve le cadavre sous l'endroit où le pain s'arrête.

Viltansoù se marre :

— Si on faisait pareil ici, quelle boulangerie serait notre rivage !

Le vent bat la flamme et tourmente le verre dans le fanal. La mer est furieuse, courroucée, et, du haut d'un rocher, Yann la contemple :

— Là-bas ! Là-bas, un bateau arrive ! Faites marcher la vache ! Ah, que j'ai bien fait, hier, d'aller prier Notre-Dame-de-la-Haine !

L'animal éclairant avance le long de la côte. L'incessant balancement latéral de ses cornes projette régulièrement, en bas sur l'eau, des flux et des reflux de moires lumineuses. À bord du vaisseau, l'équipage est trompé par ce feu qu'il croit pouvoir suivre. C'est un temps de ciel tragique où les naufrages semblent écrits d'avance. L'ancien valet d'écurie appelle le navire :

— Viens ! La route est bonne et ta mort est au bout.

Sous sa coiffe trempée, bordée de dentelle, Fleur de tonnerre se pourlèche les lèvres. L'eau fait rage. L'océan est gros, terrible. Il s'abaisse et se hausse, tantôt bas comme une fosse. Que la mer se lève et se creuse sur ce monde dont les pôles semblent privés de leurs aimants ! Viltansoù qui, lorgnette devant un œil, repère les inutiles efforts des matelots sur le pont, indique avec précision l'heure et l'endroit de l'accident :

— Ce sera dans dix minutes sur les récifs des Dents de la pucelle !

Effectivement, le bateau file vers ces rochers sans espoir de salut.

— Il faut périr, conseille Yann.

— Oh oui…, soupire la fille de Plouhinec.

Au pied de la falaise, les habitants de la rive courent se cacher derrière des rochers face aux récifs désignés par Yann. Armés de perches à crochet et de cordes, accroupis, ils attendent, œil tendu vers les flots noirs, les dons de la mer avec une avidité rapace. Soudain, c'est un énorme craquement juste devant eux et des éclatements de planches qui volent ! Sur les Dents de la pucelle – enfilade d'écueils où le varech pourrit –, le navire s'est encastré tel le long de la lame d'un couteau qui l'a ouvert comme un fruit. D'ailleurs, de sa proue explosée fuient des centaines de milliers d'oranges. Vers ce vaisseau brisé contre les îlots, des quantités de femmes et d'enfants se précipitent avec leurs sacs et paniers. L'épave répand autour d'elle, comme une corne d'abondance, les fruits fluorescents des pays chauds. Fleur de tonnerre, vite descendue, en emplit plusieurs fois son tablier relevé pour les déposer sur le sable en un tas qui lui est réservé. Un riche négociant de Saint-Brieuc, propriétaire du navire, tombé par-dessus bord et qui se noie, appelle à l'aide en breton :

— *Va Doué, va sicouret !* (Mon Dieu, secourez-moi !)

— Mais bien sûr ! On est venus pour ça ! s'esclaffe le vieux aux abondantes boucles blanches près du gros équarrisseur à tête d'eunuque qui juge de bonne guerre d'aller éventrer le commerçant pour ensuite s'emparer de sa ceinture sans doute farcie de pièces d'or.

Remués par le démon du pillage, les paysans côtiers s'élancent avec fureur dans les débris du navire. Ils assomment les malheureux qui tendent les bras, les dépouillent, se moquent de mousses noyés qui étaient attablés à fond de cale :

— Qu'est-ce qui a pu rendre ces enfants si malades ?

— Ils venaient de prendre leur soupe au lard.

— La viande n'était peut-être pas saine.

Beaucoup de marins sont jetés à la mer. Ils coulent au fond d'une fosse ingrate qui oublie aussitôt le nom des morts, les pauvres morts. Au bout de cet abîme naturel, les rochers rougeoient. Le jeu des vapeurs et de l'écume les fait paraître en mouvement. Les femmes montent aussi à bâbord et tribord. Elles grimpent à des cordes phalliques, sans sous-vêtements, jupes relevées sur leurs cuisses nues. Elles dégagent une sexualité folle. Encore plus hardies et intrépides que les hommes, elles atteignent le comble de la cruauté avec les derniers rescapés qu'elles violent :

— Tiens, prends-moi, ça te changera d'un cul de mousse ! Et ne refuse pas, sinon devine où s'enfoncera le crochet de ma perche.

Leurs maris cocus, sur le pont, s'enivrent. Gorgés de vins et d'eau-de-vie, ils avalent une caisse entière de médicaments qui donnent la mort aux uns, des convulsions aux autres. Le ciel se peuple d'une apocalypse. Il s'égare des ronces de cris à travers les gorges. Fleur de tonnerre, sur la plage, écoute, assiste à tout cela sans s'en mêler : « Ce n'est pas ma spécialité. » Mais elle savoure tandis qu'une bouteille, échappée du vaisseau, flotte vers elle qui s'en empare. Voyez comme la vie est bien faite : la fille de Plouhinec, sur cette fiole d'un litre emplie de poudre blanche, reconnaît l'étiquette semblable à celle du minuscule flacon acheté dans la pharmacie de Pontivy. À Viltansoù, revenant sur le sable, bras chargés de coffres, elle demande :

— Tu sais lire, Yann ? Qu'y a-t-il écrit ?
— Là ? Arsenic.
— De la *reusenic'h* ? Pourquoi voyagent-ils avec ?
— Dans le ventre des bateaux on ne craint rien

tant que les lapins ou les rats qui, rongeant le bois des cales, les feraient sombrer en haute mer et ça ce serait quand même dommage… pour nous ! Mais allez, jette ce truc inutile et viens plutôt te servir dans l'épave toi aussi.

Fleur de tonnerre enlace verticalement la bouteille entre ses beaux seins bombés :

— Je l'ai, mon trophée.

Puis à Viltansoù qui les yeux au ciel retourne au navire, près de son tas d'oranges, elle passe commande comme s'il allait à l'épicerie :

— Si tu en trouves, rapporte-moi du sucre.

*
* *

Fleur de tonnerre prépare de la confiture d'oranges. Hier soir, Yann a trouvé du sucre (roux à l'étonnement de la Morbihannaise) et il a aussi rapporté un tonneau de rhum – alcool dont Hélène Jégado ignorait l'existence. Elle en verse un peu sur ce mélange de quartiers d'agrumes épépinés et de zestes qui bouent dans le sucre de canne et l'eau.

C'est à l'intérieur de la curieuse demeure de Viltansoù qu'elle touille parmi les effluves sucrés avec une cuillère de buis en fredonnant d'une manière lancinante. L'habitation est en fait la demi-coque arrière, retournée, d'un bateau de pêche côtière qui fut une nuit naufragé et tranché, tel au rasoir par le travers, contre l'archipel des Crocs de sorcière. Tracté grâce à des cordages jusqu'en haut d'une dune, le fond de cale renversé du rafiot est dorénavant le toit courbé d'un logis singulier. La lumière du jour y pénètre par les hublots. Pour masquer la partie ouverte de l'épave, Yann a plaqué verticalement les lattes du pont d'un autre vaisseau. Il a ensuite taillé une ouverture afin d'installer la porte en acajou d'une cabine de capitaine. La voilà qui grince parce que Viltansoù entre chez lui.

— Bonjour, c'est moi.

Chez Yann, pas de plancher. Quand il pleut, l'eau ruisselle le long du sol. C'est pour cette raison qu'il n'a pas déposé une couche de matelot à même la terre. Il a préféré tendre horizontalement, en l'air comme un hamac, une voile triangulaire de barque. Aux trois angles du foc – par les œillets des points de drisse, d'amure et d'écoute – il a glissé des cordes tendues jusqu'en trois endroits du logis. Les yeux de Viltansoù vont du foc à la fille de Plouhinec qui verse sa confiture d'oranges dans des pots qu'elle retourne dès leur fermeture :

— Tu la dégusteras tout à l'heure.

— Non, ce n'est que de toi dont j'ai faim.

Pendant que la confiture refroidit, l'amoureux de Fleur de tonnerre s'échauffe :

— La séduction que tu exerces est si soudaine et si impérieuse… Le sortilège de ton sourire a quelque chose de plus troublant encore. Un pollen de sensualité flotte autour de toi. Tu embaumes l'air.

Tiens, voilà que le naufrageur devient sentimental. Il ajoute : « Tes prunelles sont comme des fleurs bleues dans du lait », enfin ce genre de conneries, puis il propose :

— Sais-tu qu'on serait bien encore, nous deux, dans le secret de cette voile ?

Ici, tout le mobilier fut pillé dans différentes épaves et un christ en os de baleine est cloué près d'une pendule à la vitre cassée au-dessus d'une ancre marine et sa corde qui décorent. Le portrait, crevé par une perche à crochet, d'un austère commandant de bord irlandais semble faire la gueule. Est-ce parce que, face à lui, le foc se met à remuer sans son ordre ?

Car elle remue la voile blanche où les amants enlacés roulent tel un galet du rivage. Tantôt, comme un cocon, elle les entortille complètement puis se déplie et se tend, les faisant sauter en l'air. La Morbihannaise propulse sa coiffe de cuisinière, les épingles de son chignon, et sa robe par-dessus tête. Tandis qu'elle chevauche les hanches nues de Viltansoù à plat dos, ses longs cheveux bouclés blonds retombent jusqu'à la pointe des seins que le naufrageur prend dans ses paumes de tueur. Cette fille est sa forme préférée. Buste droit, elle danse, assise sur lui, remue son nombril, et lui a les yeux qui vrillent. Pour suivre le regard perdu de Yann, elle se balance, jette le filet volant de ses caresses autour du garçon qui la retourne à genoux. Elle !…, bras tendus et écartés pour se retenir aux œillets d'amure et d'écoute, sa croupe de guitare éclate en mélodies. Lui !… s'agrippe aux flancs de Fleur de tonnerre éprise du fier jeu. Elle ondule ses fesses de droite à gauche, d'avant en arrière, et Viltansoù se met alors à crier le nom de Jésus sans relâche !

— Tu goûteras ma confiture d'oranges, Yann ? Il y a un secret dedans.

— Je ne mange pas de confiture.

*
* *

La brume de l'aurore se lèche comme une chatte qui se dépouille de ses rêves quand Viltansoù se réveille. Il tapote des mains autour de lui, s'étonne de ne sentir aucune présence. S'asseyant au bord de la voile suspendue, il remarque que son ancre marine a également disparu et la porte grande ouverte de son logis en demi-coque. Finissant de s'habiller au pied d'un haut escarpement parmi les joncs d'une dune en ce matin d'été, il constate que du vaisseau chargé d'agrumes conduit au naufrage avant-hier soir, il ne reste plus grand-chose. Presque tout fut pillé, emporté : la cargaison, le mobilier, les hublots, les voiles pour y tailler des vêtements de pluie ou des bâches et pratiquement tout le bois qui servira au chauffage ou à la construction. Ce navire qui cherchait dans la tempête le port de Saint-Brieuc est maintenant juste un squelette de poisson échoué. Viltansoù entend que, près de l'épave, il est appelé :

— Tu viens ? !

C'est la voix de Fleur de tonnerre, assise nue sur le dernier récif des Dents de la pucelle. Yann s'inquiète pour elle :

— Fais attention de ne pas basculer. Derrière toi se trouve un abîme si profond.

— Viens...

Au sommet de la falaise, le long du chemin côtier périlleux, les deux perruquiers normands marchent devant leur cheval dont ils tiennent les rênes pour faire rouler la charrette bâchée entre des taillis épineux. Le plus petit des deux râle :

— Tu prétendras che que tu voudras, moi che te dis que la réputachion des rebouteux bretons est très surévaluée. Tu ne vas pas me faire croire que ch'est normal d'avoir l'épaule comme cha.

— Mais puisque le guérisseur t'a promis que ça s'arrangerait.

— Après des années ? ! Regarde, il m'a remonté le bras à l'envers.

C'est vrai que les articulations de ce membre forment des angles originaux.

— Et ch'est pas pratique pour couper les cheveux !

Le défaut d'élocution provient du coup de sabot, à Bubry, reçu dans la mâchoire également fort mal remise en place.

— Cha m'énerve. Tu cherais d'accord qu'on détache le cheval et che repose un peu ?

— Chi tu veux ! plaisante son grand collègue borgne.

Fleur de tonnerre découvre là-haut les deux Normands dessanglant leur attelage puis baisse les yeux pour regarder Viltansoù venir à elle. Il saute d'un récif sur l'autre, avance vers la fille comme on entre dans l'amour, trouvant le trajet risqué :

— Toupie folle, les hommes à te fréquenter perdront leur chemin. Ah, que tu me mènes, magicienne !

— Viens…

Il ne peut résister à l'appel de la nymphe gracieusement assise, jambes croisées sur un côté. Le long des chevilles, mollets, serrés dans la mer jusqu'au-dessus des genoux, les jeux de l'eau avec le miroitement de la lumière dessinent des écailles et les pieds, aux orteils écartés mais talons joints, ressemblent à une queue de poisson.

— Tiens, une chirène ! montre du doigt le ventru perruquier au bras traçant un 5 au-dessus de la falaise.

— Une sirène ? Mon pauvre vieux, tu deviens de plus en plus breton depuis que t'as reçu un coup de sabot dans la tête, regrette le borgne, se tournant vers la mer.

En bas sur son récif, entourée par les miroirs et les lustres des vagues, Fleur de tonnerre tend la main à son amant en chantant d'un timbre irréel : « Viens… » Dans sa voix claire et lente un serpent avance telle la corde que la Morbihannaise, sans doute par jeu, enroule autour du cou de Yann puis elle pousse, derrière elle, l'ancre marine qu'elle lui a chipée. Viltansoù bascule : « Ah ! » et file droit, tête tractée la première, vers le fond de la fosse tellement profonde. De grosses bulles éclatent à la surface de l'eau et le grand perruquier en reste bouche bée. Pensant avoir la berlue, il frotte son œil valide : « Mais ce n'est pas possible, ce n'est pas possible, ça ! »

— Ah, monsieur Viltansoù n'aimait pas la confiture…

Fleur de tonnerre, sur le rocher, reprend sa pose de femme-poisson habitant les mers. Ses beaux yeux de rêve languissent – ses beaux yeux tristes et fin de race – tandis qu'elle glisse ses doigts comme les dents d'un peigne le long de sa chevelure de soleil.

— Non ! Non, ce n'est pas possible…

Le borgne refuse d'admettre l'évidence :

— Les sirènes n'existent pas !

Il en lève haut une main qu'il rabat violemment, hélas sur la croupe du cheval. Celui-ci lance ses jambes postérieures en l'air. Le petit perruquier est ravi de se trouver devant les naseaux de la bête mais, replaquant ses sabots au sol, l'équidé dérape au bord du précipice. Il tente de se retenir par les jambes antérieures pour, finalement, basculer en arrière dans des roulements de cailloux. Le grand Normand aperçoit leur cheval écorché, pourrissant déjà, tout blanc dans les rochers et il gueule :

— Ça commence à me faire chier, la Bretagne !...

Guern

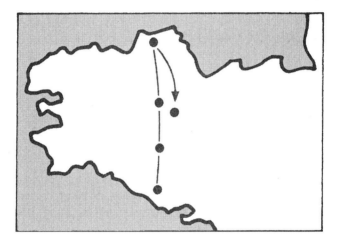

Dans une église où la mort voltige en gargouilles monstrueuses, en figures dérisoires et bizarres, partout c'est décoré de tableaux où l'on voit des larmes et des agonies, des épines et des clous. Et l'on y entend aussi des cris :

— Si tu n'ôtes pas la fièvre à mon enfant, je te fouetterai comme une mule !

— Tu me guériras ou gare à la bastonnade !

— Tiens, prends ça dans ta gueule !

À l'intérieur d'une niche murale se trouve la statue polychrome en plâtre d'un saint breton qui, lorsqu'il n'exauce pas les prières, est vigoureusement fouetté.

— Saint-Yves-de-Vérité, tu étais juste de ton vivant. Montre que tu l'es encore, nom de Dieu !

— Mes profits au magasin sont presque nuls. T'as intérêt à arranger mes affaires !

— Je t'avais pourtant prévenu que je ne voulais pas que le gars Le Rouzic m'engrosse. Et depuis deux mois les Anglais n'ont toujours pas débarqué sous ma jupe. T'en veux une ? !

Singulière dévotion, cette épouse adultère menace de gifler la statue du saint trapu tout colorié. D'autres passent à l'acte. Des éclats de plâtre s'en vont, peinture écaillée par leurs lanières de cuir. Ô, les cris de ces poitrines et têtes bretonnes plus dures que le fer ! Quels poumons et quelles voix d'ouragan. Sous la voûte hautaine, où le jour tamisé oscille en volutes sereines, résonne un fracas superstitieux : mélange de foi catholique et de pratiques barbares. Ils transportent sur saint Yves des miracles d'idoles du temps passé qu'ils revendiquent à coups de cravache au grand dam d'un abbé qui déboule :

— Voulez-vous arrêter ça. C'est de la folie !

Le recteur accourt, crosse liturgique au poing, et menace de les en besogner comme avec une matraque :

— Attention, j'ai la claque facile, la dent longue et la patience infiniment courte !

Soutane relevée, gras et rose à plaisir, il houspille ses ouailles :

— Sortez d'ici, vagabonds de grand'route que vous êtes. Saint Yves n'a que faire de vos heurts.

Une voix conteste :

— Ce saint est si souvent distrait, paresseux ou revêche, qu'il n'agit que sous la menace des coups.

— Taisez-vous donc ! ordonne le curé. Et cessez d'avoir cette crédulité de Basse-Bretagne. Tout ce qui n'est pas strictement, exclusivement, éperdument de l'Église catholique romaine doit être jeté aux latrines !

Quelqu'un d'autre proteste :

— Abbé Le Drogo, voilà une fâcherie louable et indigne à la fois. C'est bien pour le prêtre mais c'est mal de la part d'un Breton. En voulant supprimer cette croyance vous diminuez d'autant l'âme celtique. Vous jetez au vent, avec la poussière de saint Yves, notre coutume.

L'abbé Le Drogo, aux joues rondes comme les fesses d'un cochon et qui ne vit que de Jésus, martèle :

— Frapper la statue de saint Yves est une ânerie ! On ne doit respirer que Dieu comme on respire le souffle du ciel par une porte ouverte !

Il lève haut sa crosse vindicative dans les odeurs d'encens. Les paroissiens détalent tels des chevreuils vers la porte de l'église de Guern. Revenant en son presbytère, remonté comme une pendule à coucou, l'abbé Le Drogo déclare à l'intérieur d'une salle à manger :

— Ah, ces Bretons rebelles à la croix, frappeurs de saint Yves, je te leur ai distribué un de ces bouquets ! Que d'autres pèlerins de ce genre se présentent pour fouetter le saint et c'est moi qui les recevrai à coups d'encensoir dans les dents !

— Calme-toi, mon fils, conseille un doux monsieur

âgé assis seul au bout d'une table presque entièrement dressée pour le déjeuner à venir. Et laisse un peu ces gens secouer leur misère. Comprends-les. Faut-il qu'ils soient désespérés et ne sachent plus que faire pour s'en remettre en dernier recours à cette idolâtrie qu'on peut certes trouver stupide mais… lorsqu'on est totalement désemparé… on est tous prêts à s'accrocher à n'importe quoi, non ?

— Non ! On prie Dieu et c'est tout. On fout la paix à saint Yves ! Maman n'est donc pas à table ?

— Louise a rejoint ta nouvelle cuisinière et les deux journalières.

Tout en grommelant – « Après ce printemps, où jamais l'inclémence de la nature n'a causé une indigence plus profonde, les têtes en démence des paysans ruinés feront un tas énorme. Ça promet un drôle d'été pour saint Yves !… » –, l'abbé affamé pousse la porte de la cuisine et réclame :

— Allons-nous finir par pouvoir déjeuner ? !

C'est la mère du curé, Louise Le Drogo, qui se tourne vers son fils et répond :

— Mais enfin, Marcel, on t'attendait pendant que tu étais à l'église…

— J'ai vu que les écuelles manquent sur la table !

L'abbé engueule ses deux journalières :

— Marguerite André, Françoise Jauffret, il faudrait donc que je fasse tout ici : mettre le couvert, sauver saint Yves ! ?

— Ah, c'est donc encore cette histoire de statue qui te met dans une humeur de dogue, comprend la mère du recteur. Pour ce qui est de nos « écuelles » comme tu dis, plutôt que d'apporter le plat où chacun plongerait les doigts, Hélène propose qu'en cuisine elle serve à l'assiette. Par ces temps de contagion, de possible retour du choléra dont on parle, je trouve effectivement que c'est plus sain.

Fleur de tonnerre, près de la fenêtre, tire le rideau et regarde voler des oiseaux dans le ciel :

— Surtout que quand les corbeaux tournoient au-dessus d'un village ça annonce des maladies.

— Bon, bon, bon...

L'homme d'Église grognon s'adoucit sous les doigts de sa mère qui lui caresse la tonsure en l'accompagnant à table et disant :

— Je sais comme tu appréciais Anna Jégado, partie chez le nouveau recteur de Bubry remplacer cette tante brutalement décédée, mais sa cadette que tu récupères me paraît très bien aussi. Je crois que c'est une perle.

La perle dont on parle dans la salle à manger en a deux accrochées aux oreilles – des perles de moules de rivière qu'elle a fait sertir en pendentifs d'acier bon marché.

Entourée de platines pour faire des crêpes, chaudrons, pots à lait, de casseroles, écumoires, louches, un torchon... Fleur de tonnerre commence à verser au creux d'assiettes en étain une légère bouillie au miel surmontée d'une part de boudin délicatement grillé. C'est alors qu'elle remarque, accrochée à un mur, une autre assiette bleue en porcelaine. La cuisinière s'en saisit, la pose devant elle. Vue de dos, on constate que Fleur de tonnerre passe là un peu plus de temps à touiller la bouillie :

— Bon, alors cette assiette bleue avec le dessin d'une petite Bretonne qui danse au fond sera pour qui ?... Je la servirai d'abord à Joseph Le Drogo, puis à Louise Le Drogo. Ensuite ce sera à...

Le curé de Guern perd son latin :

— Bordel de merde, chierie de ta race !

Dans la bouche d'un prêtre, c'est confondant.

— Mais que faudra-t-il que j'endure encore ? !

Lui qui s'est étiré à l'aube pour bâiller des *paters*, en cette fin de matinée, renverserait d'une gifle n'importe quoi :

— Saint Yves, comment as-tu pu permettre ça ? !

Sous les voûtes de l'église, face à la statue dans sa niche murale, Le Drogo est ébouillanté de larmes :

— Tout d'abord, mon père !... tombé malade le 20 juin, mort le 28. Il est vrai qu'il était bien vieux mais je ne m'attendais pas à cet événement. Il se portait à merveille pour son âge ! Et puis ensuite ma mère, qui succombe le 5 juillet !... alors que c'était une femme qui ne laissait pas éteindre sa bougie ! Saint Yves, je devrais t'arracher la langue et les yeux, t'empaler sur un pieu !

À l'intérieur de l'édifice catholique, les paroissiens présents sont stupéfaits par le spectacle de leur recteur qui s'en prend à la statue polychrome du saint breton qu'il fouette :

— Ordure ! Pourriture !... Tiens, prends ça dans ta tronche, tu ne l'as pas volé !

Le désespoir a rompu ses digues. Dans le vide des vitraux lourds de silence, l'abbé, de ses doigts nus, cherche tous les reflets :

— Mais pourquoi ? !... Saint Yves, pourquoi ? !

Les ténèbres ont l'air d'aboyer autour de lui.

— J'étais si malheureux que ma sœur m'a envoyé sa gamine de sept ans pour m'apporter un peu de joie de vivre... Et puis Marie-Louise Lindevat aussi en ce 17 juillet ! ? Mais tu es fou, saint Yves !

Le chagrin s'engouffre dans l'âme du curé avec des hurlements comme fait le vent dans les châteaux abandonnés :

— Nièce partie tout à l'heure d'un seul coup comme avec une hache dans le dos. Sa mort fut quelque chose de diabolique. Le regard de cette enfant sur l'infini !... Et il y aura quelque part une petite tombe en plus !

L'abbé Le Drogo – Breton de race pure – empoigne le saint par les épaules et le secoue vivement :

— Tu savais comme je les aimais ! Pour chacun des trois, quand ils sont tombés très malades, je suis venu, en douce, t'ordonner de les sauver ! Prends aussi ce coup de boule dans ta gueule de con, saint fainéant ! Mais à quoi tu sers, incapable ? !

D'autres injures pourrissent dans sa bouche :

— Quel sort ! C'en serait à se pendre !

À force de balancer aussi des chocs de crosse liturgique contre la statue coloriée, celle-ci se descelle et explose en mille morceaux sur les dalles.

— Saint Yves est mort !... Il est dégommé ! Le curé l'a détruit à coups de bâton !...

Alors que les ouailles crient cela en courant hors de l'église alerter tout le village, l'abbé Le Drogo retourne vers la cuisine du presbytère où Fleur de tonnerre chantonne :

— Je vais servir l'assiette bleue à quelle journalière ? Tiens, à Marguerite André...

— Marguerite André le 23 août, puis Françoise Jauffret le 28 septembre... Mes deux journalières...

Le curé de Guern est attablé, seul, dans la salle à manger du presbytère. Il déplie sa serviette machinalement car il n'a plus d'appétit (phénomène nouveau chez ce glouton qui a beaucoup maigri). Fleur de tonnerre arrive de la cuisine en portant l'assiette bleue. Même quand elle marche, on croirait que la jolie domestique danse. Elle dépose l'assiette fumante devant son employeur :

— C'est une de ces bonnes soupes aux herbes que je sais si bien faire. Elle vous décrassera le cœur.

Précocement vieilli par la souffrance et crâne entre les paumes, le recteur pleure au-dessus du potage où tombent ses larmes. Exténué de chagrin, il ressent un profond abattement :

— N'est-ce pas incompréhensible et désolant ? Qu'en pensez-vous, Hélène ?

— Franchement, que voulez-vous que je réponde ? La vie est courte.

— Je suis saturé d'horreur. Quel jour sommes-nous ?

— Le 2 octobre, renseigne la soubrette près de lui.

L'abbé Le Drogo plonge une cuillère dans sa soupe et la lève pour souffler sur la vapeur. Il ouvre la bouche et glisse la cuillère dedans comme une hostie, *amen !*

*
* *

Anna Jégado, en violet *mantell ganu* (cape de deuil bretonne), a trois ans de plus que sa cadette Fleur de tonnerre. Venue de Bubry pour les obsèques, elle est debout dans la cuisine, assiette bleue entre les doigts :

— C'est gentil, petite sœur, de m'avoir préparé ça avant que d'aller au cimetière. L'abbé Le Drogo aussi était très gentil.

— Ah oui, c'est sûr, ce n'est pas là la question.

— Aaargh !

Anna, soudain en nage, chancelle, prise de vertiges. Les murs de la cuisine tournent et son assiette bleue navigue dans l'air. Fleur de tonnerre se précipite pour attraper la pièce de vaisselle pendant que son aînée s'écroule sur le carrelage.

*
* *

— Il faut que je la raccroche. Hier, elle a failli tomber.

La ravissante cuisinière du presbytère de Guern plaque l'assiette bleue contre un mur, cherche à tâtons le clou pour l'y suspendre mais elle le loupe alors l'assiette glisse, chute et se brise au sol. Devant le docteur Martel et le maire de Guern muets, Fleur de tonnerre ramasse les débris.

— Cela dit, elle n'aurait plus servi à personne et ce n'est quand même pas moi qui allais manger dedans !

Le docteur Martel n'en revient pas... pas que l'assiette soit tombée mais de l'hécatombe :

— Quel incroyable cataclysme s'est abattu le temps d'un été sur cette maison pour en rayer la quasi-totalité des habitants ? Un souffle de mort est passé dans le presbytère. C'est peut-être le retour du...

Le médecin hésite à prononcer le mot à voix haute. « Vous croyez ? » lui demande le maire qui a compris. Alors que Fleur de tonnerre dénoue les cordons de son tablier, le docteur Martel se rappelle :

— L'automne dernier, le choléra a fait plus de cent morts à Rennes, puis l'épidémie s'est brutalement arrêtée avec les gelées – il se répand mieux sous la chaleur. Ces premiers décès, en été au presbytère, annoncent-ils le voyage du fléau à travers le Morbihan ?

La cuisinière range, dans une des sacoches de son bissac posé sur la table de cuisine, deux mouchoirs brodés d'initiales différentes, trois serviettes, un chapelet, une poupée d'enfant...

— Et si vos craintes s'avéraient réelles, docteur ? aimerait savoir le maire.

— Eh bien, Le Cam, il suffira de s'y habituer comme on s'habitue aux punaises ou à la gale. Et si on ne parvient à s'y habituer, il nous faudra nécessairement crever de peur.

La fille de Plouhinec glisse ses bras dans les manches d'un manteau qu'elle boutonne. Elle arrange son col alors que le maire suggère :

— Je pense qu'il serait sage de s'abstenir d'en parler par crainte de déclencher une panique générale.

Martel partage cet avis :

— Il est effectivement préférable de ne pas affoler la population.

— Bon, moi, je suis prête, dit Fleur de tonnerre, bissac en cuir sur une épaule. Je peux y aller ?

— Hein ? Quoi ? Oui, oui..., se débarrasse le maire.

La cuisinière quitte le presbytère. Elle passe sous les voûtes sombres de l'église et sort au jour par le porche. En haut des marches, elle contemple Guern. C'est jour de marché riche en miels, beurres, cuirs, suifs et toiles. L'apercevant, des gens appellent les autres :

— Oh, regardez ! C'est celle qui n'a pas clamsé chez l'abbé. Elle est en vie !...

Un attroupement se forme autour de Fleur de tonnerre :

— Mais pourquoi t'as pas canné, toi ? !

— Dieu l'a sauvée, c'est une sainte ! beugle quelqu'un.

La belle de Plouhinec passe pour un être extraordinaire. La renommée embouche ses trompettes et crève ses tambours pour elle. Des agriculteurs émus, inquiets, s'agenouillent. Pauvres gens ! Plein d'autres accourent. Pareils à une nuée d'oiseaux pillards, ils s'abattent sur cette domestique, la mieux conditionnée pour le vacarme et la plus capable d'exciter la curiosité publique. Puisqu'il n'y a plus de saint Yves dans l'église, c'est elle que les gens touchent et dont ils exigent :

— Sainte Yvette, fais quelque chose pour moi !

— Vire le charançon de mon blé !

— Je suis en affaires amoureuses avec mon voisin mais ne voudrais pas me retrouver pleine. Je compte sur toi, hein, la miraculée ?

— Tu es une miraculée alors tu accomplis des miracles, hein ? !

Des handicapés s'acheminent, pleins d'espoir, sur leurs béquilles. Fleur de tonnerre reconnaît deux accents normands la supplier : « Tu ne pourrais pas me

redrècher le bras et m'arranger auchi la mâchoire ? »,
« Fais repousser mon œil ! » Ces perruquiers sont
entre les brancards de leur charrette bâchée qu'ils
tractent eux-mêmes. Du toit de la maison d'en face,
un ange funambule en fonte descend sur un câble
avec une baguette enflammée. Il doit aller allumer
le tas de paille au cœur d'un bûcher précipitamment
mis en place en l'honneur de sainte Yvette. Hélas,
l'ange titube en cours de trajet et verse sur la bâche
des perruquiers qui s'enflamme. Les lettres de *À la
bouclette normande* s'incendient tandis que Fleur de
tonnerre traverse la foule, distribuant de droite et de
gauche quantité de salutations mais regrettant :

— Ce qui est embêtant maintenant, c'est que je
dois trouver une autre place...

Les Normands, courant avec des seaux d'eau, gueulent :

— Enfoirés de Bretons !

Bubry

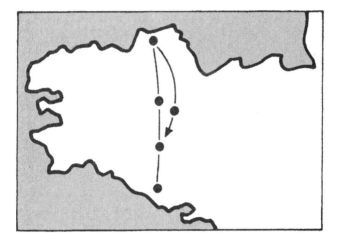

— Eh bien, j'accepte votre demande d'embauche…
Hélène. C'est bien ainsi qu'on vous appelle ?

— Oui, monsieur l'abbé Lorho, répond Fleur de
tonnerre qui reconnaît dans cette cuisine la porte où se
trouve toujours fixé un débris de miroir devant lequel
elle eut sa blondeur couverte d'une première coiffe.

Le jeune prêtre en chasuble qui lui parle a le dos

un peu voûté. Il déplie ses lunettes dorées qu'il pose sur son nez avant de se tourner vers l'autre porte, vitrée, donnant sur la cour :

— Là-bas, cueillant des fleurs devant la grille du presbytère, la femme maigre au visage sec marqué de petite vérole que vous voyez est ma sœur, Jeanne-Marie Lorho, vraie demoiselle dévote. Jamais elle ne manque une messe. Près d'elle, c'est ma nièce fort pieuse également, Jeanne-Marie Kerfontain, dix-huit ans. Vous serez notre unique domestique.

La fille de Plouhinec caresse sur la table une poterie vernissée très commune, cuite avec de mauvaises landes :

— Ce n'était pas là, ça, avant, du temps de l'abbé Riallan.

— Non, effectivement.

Le prêtre replie ses lunettes pour tendre la main à Fleur de tonnerre en guise de pacte :

— Puisqu'il n'y a plus personne en vie au presbytère de Guern d'où vous venez et que votre aînée, Anna, qui travaillait ici, y est morte également, je vous confie sa place en cette maison curiale où vous ne serez pas dépaysée.

— Merci, monsieur l'abbé Lorho. Je ferai au mieux pour bien vous servir. Et même tous les trois si j'y arrive !

*
* *

Sagement assise dans l'église de Bubry, Fleur de tonnerre égrène un chapelet pendant la messe de début d'après-midi :

— Ma maman... Monsieur Michelet qui m'a conduite à ma première place... marraine...

C'est le chapelet qu'elle a rapporté de Guern. Ce ne sont pas les doigts d'Hélène Jégado qui en ont usé les billes de buis qui défilent :

— Tante Marie-Jeanne, Yann Viltansoù...

Elle observe la lumière des cierges et écoute la voix confuse du prédicateur à lunettes dorées derrière l'autel. C'est la première fois qu'elle le voit dans l'exercice de son ministère. Les gens à qui il s'adresse s'anéantissent en Jésus. Le brouhaha de leurs prières fait suer les murs de l'église alors que Fleur de tonnerre poursuit pour elle-même :

— Le père puis la mère de l'abbé Le Drogo...

À droite du porche, un moissonneur se permet (pendant l'office !) d'aiguiser sa faux sur le bord du bénitier taillé dans un menhir parce que ça porte bonheur pour la prochaine récolte. Les sons qu'il émet se mêlent aux mots de l'abbé qui ne s'en offusque plus.

— Tsiiing ! Tsiiing !...

La musique de la lame frottée rappelle à la fille de Plouhinec la faux de l'Ankou :

— Marie-Louise Lindevat...

Fleur de tonnerre contemple, plusieurs rangs devant elle, le dos de la sœur de l'abbé Lorho agenouillée sur un prie-Dieu et reconnaissable aux marques de petite vérole qu'elle a dans la nuque. Elle porte une longue jupe brune qui fut cuite au four pour en garder les plis. Elle est coiffée d'un bonnet aux petites ailettes remontées. Mais soudain les ailettes lui tombent dans le cou et le dos de la dévote se met à remuer tout seul, pris de secousses :

— Aaah !...

Pendant que la belle cuisinière blonde, chapelet entre les doigts, poursuit son énumération : « Marguerite André, Françoise Jauffret... », la sœur de son employeur se lève brutalement. Elle paraît ressentir une violente brûlure intérieure que douze pots de lait ne sauraient apaiser. Elle se jette d'un côté et de l'autre, se dresse, se replie, c'est déchirant à voir. Elle se retourne. Sa bouche est béante et ses yeux très fiévreux. On dirait que toutes les ruses d'une grossière fourberie produisent en son ventre des effets incroyables. Elle chie sous elle. Ses chevilles sont inondées de diarrhée qui coule dans les souliers. Heureusement que sa jupe plissée est déjà brune parce que sinon... Tachycardie, mydriase, hyperthermie, hallucinations, délire, agitation, sa mort survient par paralysie des voies respiratoires. Près d'elle, sa nièce de dix-huit ans se redresse à son tour :

— Des serpents me rongent le cœur, me déchirent les nerfs ! Je suis dans l'huile bouillante !

Les narines de Jeanne-Marie sont des soufflets de forge. Elle est prise d'une danse de Saint-Guy, gencive bavante. Alors que Fleur de tonnerre essaie de n'oublier personne : « L'abbé Le Drogo, mon aînée Anna... », le curé de Bubry en perd ses lunettes sur l'autel et prescrit dans un cri :

— Des cataplasmes d'euphorbe !

La figure de sa nièce se couvre déjà de taches d'un bleu violacé. Elle est prise de vomissements atroces qui éclatent dans sa gorge en coups de foudre. Main devant la bouche, elle court par l'allée centrale en direction du porche. Mais n'en pouvant plus, c'est dans le bénitier qu'elle vomit des rognons aux fines herbes. Elle a un visage de noyée et s'effondre sur le manche de la faux du moissonneur qui se défend :

— Mais non, ce n'est pas moi qui l'ai fauchée ! Regardez ma lame, elle n'a rien. À part des bouts de rognons, pas une goutte de sang !

Pendant que beaucoup s'affolent dans l'église autour des deux trépassées, Fleur de tonnerre conclut par : « ... Jeanne-Marie Lorho, Jeanne-Marie Kerfontain ! » puis se lève.

Ah, que les foules peuvent être versatiles ! Quand la jolie cuisinière franchit le porche du lieu saint, tout le monde se jette aussitôt sur elle pour l'accuser :

— C'est de ta faute ce qui s'est passé, mauvais œil !... Déjà, quand tu avais treize ans, ici, ta marraine...

— Tu as le foie blanc !

— Tu es la miraculée qui porte malheur avec sa méchanceté !

— Méchanceté pour quoi faire ? Je n'en ai aucune, allez ! répond Fleur de tonnerre.

Par les mêmes qui la sanctifiaient à Guern (si ce n'est le cas, leurs semblables, en tout cas des cons), sainte Yvette devenue Foie-Blanc est abhorrée :

— La nuit, tu rêves d'incendie et après l'incendie éclate !

— Tu jettes des sorts sur les bêtes, noircis le blé dans l'épi !

— Ne respirez pas son haleine vous autres. Son souffle tue !

Ennui et dégoût à la vue de ce public, pendant que certains quand même demandent : « Vous êtes sûrs de ce que vous lui dites ? » et que d'autres répondent :

« Si vous ne devinez pas la chose la plus évidente, la plus crevant l'œil qui soit au monde !... » Fleur de tonnerre va vers les grilles du presbytère. Eh quoi, les autres hargneuses insinuations des gens innombrables dont elle devient l'épouvante ! Entourée par des coiffes *kornek* et des *capots ribot*, la domestique entend aboyer des filandières et vieilles sans dents qui veulent la prendre aux cheveux :

— Vilaine Bretonne !

— *Ki klanv, ke gant da hent !* (Chienne malade, va ton chemin !)

— Quand tu arrives quelque part, la mort te suit. Quand tu t'en vas, le mal s'arrête !

— Ankou ! Ankou !...

— Pars, sale bête, et qu'on ne te revoie pas une troisième fois à Bubry !

*
* *

Le soir même, dans le triste salon de l'abbé, le docteur Martel se doit de reconnaître devant les lunettes dorées de Lorho, embuées de larmes, et en présence de la servante qui s'affaire autour d'eux :

— On peut comprendre les piailleries des habitants car c'est vrai qu'il y a un lien entre les décès de Guern et ceux de Bubry en la personne d'Hélène... C'est peut-être parce qu'il existe des gens qui sont porteurs sains. Il arrive que quelqu'un, portant une maladie, la transmette sans être malade lui-même. Mais sûrement que ce n'est pas le cas, là, et juste un fruit du hasard. Choléra-morbus est une maladie tellement étrange. Elle commence à décimer puis disparaît sans qu'on comprenne pourquoi, change de village, frappe ici, épargne là, abat plusieurs membres d'une famille, en oublie d'autres sans raison. Par exemple, vous l'abbé, pourquoi êtes-vous en vie alors que votre sœur et votre nièce... ?

Levant ses yeux au ciel d'un air excédé et passant entre les deux hommes, Fleur de tonnerre prend aussitôt la défense du choléra dont elle parle au féminin :

— Ben, hé ! Elle ne peut pas tout faire d'un coup, la choléra ! Ce n'est pas une machine, non plus. Faut comprendre aussi les...

Poursuivant vers la cuisine, elle y grommelle entre ses dents :

— Par exemple, moi, j'ignorais que l'abbé n'aimait pas les rognons et n'en mangerait pas... Sinon, vous pensez bien, j'aurais cuisiné autre chose pour tous les trois !

Tandis qu'elle commence à éplucher des légumes, elle entend le médecin présenter de sincères condoléances puis s'en aller. Lorho rejoint sa domestique avec une feuille de papier écrite à la main :

— Que faites-vous, Hélène ?

— Ce que je fais ? Je prépare votre dîner, pardi.

— Il ne faut pas. Vous devez partir.

Fleur de tonnerre en pose son couteau sur la table :

— Vous me chassez, monsieur l'abbé ?... Vous êtes donc comme les autres gens du village.

— Quel âge avez-vous ?

— Vingt-quatre ans.

— Un curé n'a pas le droit de vivre seul avec une domestique de moins de quarante ans. L'évêque l'interdit. Je dois me séparer de vous ce soir.

— Ce soir ?... Et vous ne voulez pas que je vous fasse une dernière fois à manger ?

— Non merci.

Fleur de tonnerre a un sentiment d'inachevé :

— Allez, je vous torche vite fait un petit plat avant de partir et vous le mangerez, seul, tout à l'heure.

— N'insistez pas, Hélène.

— Je pensais à quelque chose dont vous raffolez, des *poulouds* : ces boules de farine cuites avec...

— Non, je vous en prie...

— Au moins un bol de lait que je fais bouillir avec dedans aussi du cerfeuil anisé. Je vous l'apporte tout de suite au salon !

— Sans façon. Afin que vous trouviez facilement une autre place, j'ai écrit cette lettre de recommandation très élogieuse. Vous y êtes décrite comme particulièrement propre et excellente cuisinière.

— Pourriez-vous ajouter que je suis réputée pour ma soupe aux herbes et puis écrire que j'ai inventé un gâteau très bon aussi. En ce qui concerne les rognons aux fines herbes, inutile d'insister, tout le monde n'aime pas...

Locminé

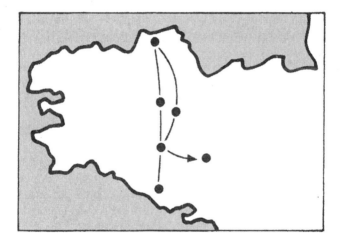

Fleur de tonnerre cavale d'une chambre à l'autre. Dans cette maison étroite, à l'escalier privé de lumière, elle grommelle : « Je vais donc me tuer en tombant. » Elle passe d'une malade alitée au premier étage à celle qui se trouve au second : « Alors, après Jeanne-Marie Leboucher, maintenant sa fille Perrine... » Bonnes jambes jamais lasses, elle regrimpe des marches. La mère et son enfant de vingt ans sont au plus mal. Quelle tristesse !

— Quelle tristesse de se donner autant de peine pour rien, regrette Fleur de tonnerre, puisque l'une et l'autre vont y passer.

— Comment pouvez-vous dire ça ? demande un médecin, sacoche à la main, sur le palier du premier.

Il porte un habit à grandes basques et un chapeau en poil de castor.

— Mais enfin, docteur Toursaint, tous vos remèdes produisent l'effet contraire de celui que vous attendiez ! répond l'obligeante servante. Sur les deux moribondes, ils agissent à rebours de leurs propriétés connues.

— C'est vrai mais bon…, s'excuse Toursaint, je ne suis qu'un médecin de village bas-breton et pas grand ponte à Rennes ! C'est quoi la poudre blanche que vous délayez dans ce verre, Hélène ?

— Celle du flacon que vous m'avez ordonné d'aller prendre à la pharmacie.

— Ah oui, le sulfate de quinine contre les fièvres…

En guêtres de cuir qui vont la nuit, même l'hiver, par les chemins les plus démolis, tenter de porter secours avec sa maigre science, le docteur Toursaint pénètre dans la chambre du premier étage.

— Comment vous sentez-vous, madame Leboucher ?

— Puisque même l'eau de la fontaine de Mélusine que vous m'avez prescrite et où j'ai bu trois fois à l'heure de minuit ne me guérit pas, j'abandonne les remèdes.

— Allons, que dites-vous, Jeanne-Marie ? ! Je pense que vous êtes simplement atteinte d'une acrodynie, maladie qui provoque ce fourmillement intense dans vos membres et la violente brûlure d'estomac. Sinon, dites donc, votre cuisinière, ce dévouement et comme elle s'implique dans ce qui vous arrive !

— Ah, heureusement qu'Hélène est là. Je ne sais pas ce qu'on serait devenues sans elle. Voilà plus de soixante heures qu'elle prend soin de Perrine et moi, ne mangeant rien de ce qu'elle nous sert, ne dormant jamais. Elle nous entoure d'attentions continuelles.

Des attentions, Fleur de tonnerre en porte actuellement à la fille Leboucher couchée à l'étage du dessus :

— Tenez, voilà le contenu d'un verre que vous devez vider sur ordre du médecin croisé dans l'escalier. Je crois qu'il appelle ça, lui : sulfate de quinine…

Perrine en avale une gorgée avec difficulté mais demande :

— Donnez-moi le reste à boire.

— Oui, bien sûr.

Sitôt tout le breuvage ingurgité, la pâleur soudaine, les lèvres rentrées de Perrine !… Brutale augmentation du calibre des pupilles, ses yeux s'agrandissent. Les paupières sont comme tirées dans tous les sens. Fleur de tonnerre, assise au chevet, voit sa propre silhouette dans les bulles de mousse éclatant maintenant au bord des lèvres. La cuisinière se lève. Elle passe et repasse devant la lumière de la fenêtre qui découpe à chaque fois sa jolie ombre sur le parquet de la chambre et relate à la souffrante une légende : celle d'un cavalier qui, revenant de voyage, trouva une femme grelottante de fièvre au bord de la route. Il la prit sur sa monture et l'emmena en ville. C'était la peste. Fleur de tonnerre revient près de Perrine qu'elle tutoie pour lui prédire l'avenir :

— Tu vas mourir.

Dans la chambre du dessous, le docteur Toursaint reluque distraitement, posée sur le rebord d'une cheminée, la lettre de recommandation apportée par la domestique. Il y lit : *Hélène Jégado est une excellente cuisinière et je n'ai que le regret de ne pouvoir la garder chez moi jusqu'à ma mort*, lorsqu'il entend, à travers le plafond, un cri puissant comme un cor. Il se précipite vers les marches, pousse la porte de la seconde chambre et trouve Perrine décédée dans son lit, couverture tirée sur le visage.

— Je suis plus incrédule en médecine que je ne l'ai jamais été ! déplore-t-il tandis que Fleur de tonnerre descend vers la mère.

Dans l'escalier, elle entrouvre ses lèvres et découvre de petites dents fluorescentes, celles d'une louve de fable.

— Quel était ce cri, Hélène, qui a fait courir le médecin ? demande Jeanne-Marie Leboucher en tentant de se redresser douloureusement dans son lit.

— C'était celui de votre fille qui…

— Qui ?

— Qui.

Pour la maman, dans son état, le choc est trop dur. Son âme entre en contact avec le néant. Il est clair qu'un vaste abîme vient de s'ouvrir. Son amour maternel trébuche à travers des brûlures. La chute de sa tête sur l'oreiller l'illumine.

— Alors allons dormir du dernier sommeil. Dieu se chargera du réveil…

— Mais voilà ! l'encourage Fleur de tonnerre. C'est ça qu'il faut dire.

C'est ensuite un long râle dans la gorge de Jeanne-

Marie Leboucher, puis elle se tourne vers le mur et s'immobilise quand le médecin arrive... trop tard.

— L'eau de laitue administrée et le sirop de gomme n'auront donc servi à rien. Peut-être était-ce la fièvre typhoïde...

La cuisinière s'empare d'un broc, souffle les bougies et recouvre d'un torchon une jatte, à l'étonnement de Pierre-Charles Toursaint :

— Que faites-vous, Hélène ?

— Après le dernier soupir, il faut éteindre les chandelles pour le passage de l'âme et aussi faire attention que celle-ci ne fasse tourner le lait ou ne se noie dans l'eau du broc. Voilà, c'est fait. Je suis épuisée. Maintenant, j'aurais bien besoin de sortir prendre un petit remontant, moi !

Dehors, sous sa coiffe bordée de dentelle, Fleur de tonnerre marche derrière une charrette débâchée aux arceaux de fer calcinés et tordus, victimes d'un incendie. Devant le véhicule, tirant chacun un brancard, deux Normands font résonner leur accent en se plaignant de l'état de la chaussée bretonne :

— Tous les pavés de Locminé cheraient à refaire.

— On n'y peut avancer la nuit venue sans risquer de s'y casser la jambe.

La cuisinière contemple les balles parallélépipédiques enveloppées de toile rêche qui tapissent la charrette qu'elle suit. D'entre les déchirures triangulaires du tissu rose aux angles des paquets, débordent sans érotisme de grandes touffes noires de très longs poils bretons qui puent. Secoués par les pavés, on dirait des toisons pubiennes rustiques dansant un *fest-noz* dans la lumière projetée par un débit de boissons d'où sortent des rires et des chants.

Les perruquiers poursuivent par la rue étroite où l'ombre du plus petit peint sur un mur la silhouette remuante d'un gnome difforme qui se doit quand même de reconnaître à propos de la bâche perdue :

— Enfin, il ne pleut pas, ch'est déjà ça.

— C'est mieux pour la conservation des cheveux, confirme le chauve.

Fleur de tonnerre pénètre dans le café. Depuis la voie sombre, à travers les fenêtres éclairées composées de petits carrés de vitres colorées, on voit qu'il y a maintenant dans la taverne une si belle fille – yeux verts, cheveux blonds s'échappant en boucles de sous la coiffe, peau sentant la vanille et sexe fin qui doit en avoir le goût aussi. La tenancière s'approche d'elle :

— Que veux-tu, Hélène ?

— Votre eau-de-vie, veuve Lorcy.

*
* *

Locminé : village pittoresque avec ses ormes, son clocher ajouré, ses maisons étroites et grises, son cimetière... d'où sort Fleur de tonnerre pour retourner dans le bistrot de la défunte veuve Lorcy où l'attend une nièce endeuillée :

— Ma tante est morte dès le lendemain du soir où elle vous a engagée ici. Pourquoi ?...

— Eh, le sais-je, moi ? Ce fut déjà si souvent ainsi. Partout où je vais, la mort me suit. Lorsque je suis arrivée au presbytère de Guern, il y avait sept personnes. Quand j'en suis repartie, c'est moi qui ai fermé la porte. À Bubry, j'ai vu mourir la sœur et la nièce du curé. J'arrive à Locminé chez Jeanne-Marie Leboucher

92

qui décède ainsi que Perrine. Et maintenant, votre pauvre tante... On ne peut pas dire que j'apporte le bonheur. Voulez-vous une part de ce gâteau que j'ai fait, à peine entamée par la veuve Lorcy ?

— Non merci, je n'ai pas faim, répond la nièce.

— Bon, tant pis. Ce sera pour quelqu'un d'autre.

Dans l'estaminet où se désaltèrent des meuniers – établissement que la nièce héritière n'a pas l'intention de garder –, le peu doué docteur Pierre-Charles Toursaint arrive, navré :

— Je ne sais pas non plus de quoi est morte votre tante. Peut-être d'une affection du pylore... En tout cas, les applications de sangsues et de vésicatoires se sont révélées inutiles. J'ai aussi tenté de faire passer sa fièvre dans l'écorce d'un arbre mais sans succès. Sa seule chance fut le dévouement empressé et continuel qu'Hélène lui a prodigué comme elle l'avait déjà fait chez les Leboucher. Pauvre servante, ajoute-t-il en se tournant vers Fleur de tonnerre, vous devez être bien lasse.

— Ça va. Un peu fatiguée mais il est vrai que je ne suis pas venue à Locminé pour m'amuser.

— Et vous n'avez plus d'employeur une nouvelle fois ?

— Ben non, ils pourrissent au cimetière.

— Hélène, mes parents cherchent une cuisinière. La précédente ne leur convenait plus. À propos de son potage, ma mère disait : « Si seulement c'était de l'eau de vaisselle dont on eût pu nourrir les porcs... »

— Elle ne se plaindrait pas de ma soupe aux herbes, affirme Fleur de tonnerre.

— Mon père, ma mère et ma sœur habitent une maison du bourg avec la femme de chambre.

Seriez-vous prête à les rejoindre tous les quatre dès aujourd'hui, 9 mai ?

La fille de Plouhinec pivote la tête vers les vitres colorées d'une fenêtre alors le médecin ne peut remarquer sa mine de belette découvrant un pigeonnier.

*
* *

12 mai, les guêtres de cuir de Pierre-Charles Toursaint vont sur des graviers crissant. À droite du médecin, sa sœur, et à gauche ses parents. Tous les quatre se dirigent vers un pauvre couple de paysans auxquels ils adressent avec condescendance des salutations de circonstance : « Toutes nos condoléances, madame et monsieur Éveno. Votre fille Anna nous manquera. C'était une agréable femme de chambre hélas si brutalement décédée chez nous. » À chacun des membres de la famille Toursaint, les parents endeuillés répondent en breton : « *Trugaré.* (Merci.) » Ils disent la même chose à la nouvelle cuisinière venue également leur présenter l'hommage d'une sympathie fraternelle dont elle a rarement l'occasion de se servir. Le corps de la femme de chambre, enveloppé d'un drap blanc cousu, glisse le long d'une planche et tombe en vrac dans une fosse commune. Sitôt les premières pelletées de terre jetées sur le drap, Fleur de tonnerre s'en va en disant : « Bon, je vais aller faire la cuisine, moi ! »

15 mai. « Il n'a ni froid ni chaud, il n'est pas mort, il dort ! L'aube a beau se lever, il dort. » Déplié devant le visage de Fleur de tonnerre, un éventail rit aux éclats. Au-dessus de l'éventail, ses beaux yeux

regardent un notable discourir dans ce même cimetière où l'œil s'accroche maintenant à une douzaine de couronnes mortuaires autour d'un trou. *À notre père*, *À mon mari...* Le docteur Toursaint et sa sœur soutiennent leur mère chancelante vêtue d'une cape bleue de veuvage. Des femmes à coiffe avec barbes flottantes ou relevées, vêtements noirs, sont là comme des oiseaux croque-morts et observent autour d'elles. Quand la foule commence à se disperser, la voix de Fleur de tonnerre qui replie son éventail constate : « Ah, là, là, en voilà donc encore un ! Et quand je pense que ce n'est pas le dernier... » Cette prédiction retentit aux oreilles de Bretonnes qui marchent dans le calme cimetière fleuri de petites croix blanches à l'ombre de l'église ogivale.

18 mai, le ciel est voilé, la terre humide. Fleur de tonnerre trouve laide la population venue aux obsèques. Le docteur Toursaint entoure des bras sa mère qui ne tient plus sur les jambes : « Ma fille également... » Aux voisins qui la saluent, elle répond le « *Trugaré* » d'un geste imprécis de vieille qui pleure. Un reflet rougeâtre décore les arbres et une colère empourpre des fronts bretons s'approchant de cette beauté parfaite qu'est la cuisinière. À leur question « Mais ça fait déjà quel nombre de décès depuis que tu es dans notre village, toi, et rien que chez les Toursaint, combien ? », Hélène Jégado se débarrasse d'un : « Les perdus, que la Mort les compte ! » Des dents grincent : « Le cimetière finira par être trop petit si cette fille reste à Locminé. » Aux tripes d'une chienne pendue, ils l'assimilent : « La destruction est en toi. Tu es possédée. Tu portes malheur. » Alors que

des Morbihannaises sournoises, allant dans les hortensias, commencent à retirer des aiguilles, épingles, de leur coiffe, corsage, Fleur de tonnerre qui connaît leur intention hâte prudemment le pas hors du cimetière. Silencieuse, par la rue où l'herbe pousse entre les pavés, elle rejoint la maison de ses maîtres (enfin… uniquement de sa vieille maîtresse dorénavant) d'où l'on voit un filet de fumée sortir de la cheminée au-dessus de la cuisine. Ô, là-bas, la chair qui s'y cuit et le gâteau qui s'ensuit !

20 mai. Le docteur Toursaint a la profonde douleur de vous faire part du décès de sa mère… Accolé contre un mur extérieur de la mairie de Locminé, l'avis d'obsèques flotte au vent tandis que sur la façade de la maison des Toursaint on peut lire, écrit au charbon de bois par une main anonyme : *Ici, on assassine !* Dans le salon de chez ses parents, le médecin du village est désorienté :

— J'ai perdu toute ma famille. Leur maison s'est entièrement vidée en à peine huit jours…

Il se lamente auprès de la présidente des bonnes œuvres venue le soutenir dans cette rude épreuve et qui s'étonne :

— Pierre-Charles, je ne vois pas non plus la cuisinière également absente lors de l'enterrement il me semble…

— Oui, Hélène a disparu à l'aube sans même réclamer son gage mais on peut la comprendre. Étant donné toutes les superstitions qui roulaient sur elle, cette beauté dont les gens avaient peur a préféré s'éclipser. Si elle était venue au cimetière pour ce nouveau décès, allez savoir ce que les villageois lui auraient fait ! En

Basse-Bretagne, on croit tellement en l'existence réelle de personnages légendaires et maléfiques.

*
*   *

Wik... Wik...

Marchant le long de la route qui mène à Auray et bissac sur une épaule, le chemin en avant et ses pensées en exil, Fleur de tonnerre ouït soudain venir dans son dos comme un grincement d'essieu.

Wik. Wik...

— Ce n'est pas le son d'une carriole qui s'approche et va me dépasser. Je l'aurais entendu venir de loin.

Wik ! Wik !...

Le grincement criard est de plus en plus bruyant et plus proche. Assourdissant, il résonne même si près.

Wik !!! Wik !!!...

— Est-ce la karriguel de l'Ankou ?

La fille de Plouhinec se retourne. Rien derrière elle. La domestique reprend sa route.

— Ah ben non, c'est moi.

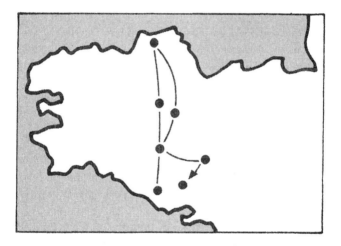

— *Wik, wik...*

— Que vous arrive-t-il, Hélène, à encore réitérer ce grincement d'essieu avec vos dents en vous tenant le front ? Mal à la tête ?

— C'est parce que, mère supérieure, je voudrais tant cuisiner pour toutes les sœurs de la Charité de Saint-Louis au couvent du Père éternel.

— Ah non, vous n'allez pas recommencer, Hélène ! Ça fait plus d'un an que je vous rappelle que nous avons déjà une cuisinière.

— Sœur Athanase, laissez-moi la remplacer juste le temps d'un repas, c'est important pour moi...

La mère supérieure – grande femme impressionnante régnant au centre de la salle commune du couvent – écarte les bras de sa sévère robe marron foncé et élève la voix devant Fleur de tonnerre, vêtue d'un tablier de femme de ménage et assise toute repliée sur un banc austère :

— Hélène, lorsque vous êtes venue proposer vos services au Père éternel à un moment où nous cherchions une femme de chambre, vous avez accepté ce poste de cloîtrée, voulant fuir l'extérieur quelque temps, je ne sais pourquoi.

— Hélas, on m'y faisait trop la réputation d'accabler de travail les apothicaires en détruisant les carcasses humaines... mais là, il faudrait que je vous nourrisse à ma façon. Sans mes recettes, je m'étiole, me fane comme une fleur sans eau.

— Je ne céderai pas à votre caprice, Hélène !

— Vous dites caprice quand je vous parle de mission.

— Oh, la grande mission que de mettre à bouillir trois cagettes de carottes et d'enfiler à la broche une douzaine de lapins pour un couvent !... s'esclaffe la poitrine de la mère supérieure où rebondit une croix en bois au bout d'un cordon.

— Je ferais des petits jésus en sucre que vous avaleriez comme des hosties...

— N'insistez pas, Hélène ! Prenez plutôt votre balai, votre seau, pour aller nettoyer les chambres des sœurs. Vous taillerez aussi dans le tissu, apporté hier par l'abbé Olliveau, une nouvelle nappe pour l'autel. Et pensez enfin à épousseter l'instrument de musique de la salle commune. Vous l'oubliez trop souvent, lui. Ouste !

La domestique s'en va en traînant son balai. Par une fenêtre, elle découvre des sapins aux allures d'astrologues. On dirait aussi que le vent murmure des phrases.

— Sœur Athanase ! Sœur Athanase !… Voyez ma robe de religieuse !

— Oh, mais que faites-vous, les seins à l'air, sœur Sophie ? !

— C'est ainsi que j'ai retrouvé au réveil ma tenue avec deux trous découpés aux ciseaux sur la poitrine !

— Sœur Athanase ! Sœur Athanase !… Regardez-moi lorsque je me mets de dos !

— Mais êtes-vous devenue folle, sœur Marie-Thérèse, de venir me montrer votre cul nu dans la salle commune ? ! Tournez-vous face à moi ! Non, ne vous tournez pas ! Derrière, le Christ accroché au mur au-dessus de l'harmonium pourrait contempler vos fesses !

— Quelqu'un a taillé un grand rond au bas du dos…

— Sœur Athanase ! Sœur Athanase !… Sur le devant, au centre de ma robe, fut évidé un triangle !

— Ah ! Et maintenant sœur Augustine qui vient m'exhiber les poils de sa crèche avant même le petit déjeuner ! Mais tournez-vous donc, sœur Marie-Thé… ! Non, pas vous ! Sœur Augustine ! Oh, là, là !…

Après avoir vu entre autres un vêtement de religieuse

taillé très court comme une minirobe et constaté :
« Vous avez de jolies jambes, sœur Agnès », entendu
sœur Madeleine revendiquer : « Dans mon habit de
nonne entièrement découpé en longues lanières, est-
ce qu'on ne dirait pas une sauvage d'Afrique ? », la
mère supérieure, n'en pouvant plus de ce défilé de
mode dingue, explose :

— Mais allez toutes vous changer !...

— On ne peut pas, sœur Athanase. Aucune tenue
ne fut épargnée.

— C'est parce que vous ne prenez pas soin de
vos affaires ! les engueule la mère supérieure, levant
ses mains au ciel, alors que sœur Denise, bras nus,
l'avertit :

— Le bas de votre robe fut crénelé. Vous ressem-
blez à une tour de château fort renversée.

— Oh ! Mais laquelle d'entre vous a commis cet
attentat vestimentaire au couvent ? ! fulmine la responsable des sœurs de la Charité de Saint-Louis.

— Ce n'est peut-être pas une sœur..., marmonne
une religieuse.

— Mais alors qui ?

— La femme de chambre, depuis quelques jours,
est un peu bizarre...

Toutes les religieuses, missel à la main, s'agglutinent
aussitôt autour de la mère supérieure qu'elles étouf-
fent presque pour cancaner à voix basse. « Combien
de fois l'avons-nous surprise, parlant à un invisible
vers qui elle tend ses bras ? » dit l'une, fesses à l'air.
Une autre, seins nus, confirme : « Il est vrai qu'il y a
je ne sais quel être imaginaire qu'elle dénomme fort
étrangement et dont elle paraît vérifier la présence. »
Celle à la touffe en liberté se souvient : « Hier, je

l'ai entendue lui dire qu'elle voulait absolument se configurer à son personnage. » Cette autre, toute en lanières remuantes, explique : « Elle paraît être seule à entendre une grande voix mystérieuse qu'elle a pour mission de répercuter. » Les sœurs de la Charité de Saint-Louis, qui tous les jours s'adressent personnellement à Dieu, sont sidérées par la folie de la femme de chambre. Il règne un grand silence dans la salle commune quand soudain un cri de nonne, qui désirait psalmodier à voix haute une prière, retentit :

— Mon missel ! Regardez ! Oh !… À chaque page où se trouvent des gravures, les visages du Christ et de la Vierge ont été arrachés !

— Moi aussi !

— Moi aussi !

— Moi aussi !…

Toutes les religieuses s'ébahissent devant les livres décapités de la tête de leurs idoles chrétiennes.

— C'est de la sorcelle… !

— Taisez-vous ! Ne dites pas ce mot ! Jamais ! coupe la mère supérieure dans sa robe à créneaux – forteresse imprenable par les superstitions diaboliques. Je ne veux plus entendre parler de ça ! Prenez chacune un bol de lait chaud et allez petit-déjeuner pudiquement dans vos chambres pendant que je réfléchis à mon bureau.

La salle commune, débarrassée des nonnes exhibitionnistes, redevient enfin silencieuse. Par la porte du fond, Fleur de tonnerre y entre avec son balai et un seau plein. Elle s'arrête sous le Christ pendu au mur quand, depuis une autre porte entrebâillée, on entend un hurlement. Sœur Athanase accourt à toutes jambes, bord crénelé de sa robe fouettant ses chevilles et regrettant :

— Quoi encore ? ! Ça ne fait donc que brailler ici depuis l'aube ! Heureusement que c'est un lieu de recueillement, dites donc !

— Elle-elle-elle, hoquette une religieuse en désignant la femme de chambre au bout de la salle. Elle a vi-vidé dans l'instru-trument de-de…

— Mais quoi ? Parlez enfin !

— Elle a vidé un seau hygiénique dans l'harmonium.

Derrière l'instrument de musique au capot de bois resté relevé, Fleur de tonnerre, déposant le récipient en fer sur le dallage sonore, ne conteste pas.

La mère supérieure fait partie de ces gens qui peuvent continuellement s'emporter pour un rien mais qui, lorsque la situation est gravissime, deviennent soudain très calmes. Elle marche vers la domestique :

— Vous avez osé vider un seau hygiénique dans l'harmonium du Père éternel ? Mais qu'êtes-vous ? Assurément pas une humaine…

— Les humains ne peuvent rien pour moi, rien, réplique avec culot l'accusée. Aucune avanie ne me jettera par terre, aucun écueil ne me fera sombrer, aucun marteau ne m'écrasera. Je suis indémolissable !

— Sortez de ce couvent, Hélène. Votre affaire fera le tour des lieux saints du Morbihan où vous ne trouverez plus jamais un emploi. En revanche, je ne relaterai pas en ville les événements extraordinaires qui se sont déroulés chez nous car vous seriez capable de dire que vous n'y êtes pour rien et alors les paysans raconteraient, dans les veillées des campagnes, que ce sont des korrigans, fées, sirènes, Poulpiquets velus, qui ont fait le coup… ou je ne sais quelle autre créature folklorique sortie de ces terres druidiques.

Les dernières phrases de ce discours plaisent peu à Fleur de tonnerre justement élevée au lait enchanté, terrifiant, des veillées et à l'énergie des menhirs contre lesquels elle s'adossait, enfant, pour ressentir l'âme des pierres levées. Du fond de sa gorge, on dirait monter, sous l'eau qui vire, un roulis sourd de cailloux :

— Nos légendes ou même les facéties d'Arlequin dans les foires ont du bon sens si on les compare aux prônes, aux farces des curés et des mères supérieures…

— Sortez !

*
* *

— Quoi, cette créature est restée à Auray ? ! Et en plus, elle se trouve chez vos beaux-parents, docteur Doré ?

Dans la salle à manger de riches bourgeois rentiers où trône une cage à oiseaux toute bruissante de canaris et de verdiers, la table est somptueusement dressée pour le dîner.

— Quelle créature, abbé Olliveau ? De qui parlez-vous ?

La vingtaine d'invités, debout et verre à la main, trinquent, déambulent, puis s'extasient devant les plats présentés sur la longue nappe blanche – truites, belles anguilles, cols-verts, entremets, dans des sauces multicolores.

— Docteur Doré, je vous parle de cette fille aux

fourneaux que j'ai vue en passant devant la porte ouverte de la cuisine !

— Hélène ?

— C'est ça. Quel est son nom de famille ?

— Je ne sais pas, moi. On ne demande pas le patronyme d'une domestique. Le prénom suffit. Je crois qu'elle m'a seulement dit qu'elle était de Kerhordevin en Plouhinec.

Les délicats effluves du gibier et de la chair des poissons de rivière flattent les narines de notables gourmets pressés de passer à table alors que l'abbé Olliveau entraîne par un bras le médecin au fond de la salle :

— Docteur, parce que je l'ai juré comme tous les curés du Morbihan à la mère supérieure du Père éternel, je ne vous raconterai pas ce que votre Hélène a fait au couvent mais si vous le saviez... Apprenez seulement que depuis des années, dans chaque presbytère et village où cette fille a cuisiné, des personnes sont mortes de façon inexplicable. Pour moissonner les humains, elle use de sortilèges !

— Sortilèges ? Abbé, qu'une si détestable expression sorte de la bouche d'un homme d'Église, n'est-ce point un douloureux anachronisme ?

— Tant de bruits fâcheux courent sur elle.

— Bah, ce sont des histoires. Elle nous a présenté de très bonnes références, de la part d'un prêtre d'ailleurs... et nous n'avons qu'à nous féliciter de son travail. Je lui ai même demandé si elle connaissait une autre cuisinière de sa qualité pour le maire de Pontivy qui, lui, désespère d'en trouver un jour une de convenable.

— Elle est atteinte d'une infirmité, d'une sorte de goitre infâme. On prétend même qu'elle est l'Ankou.

— Monsieur le curé, vous plongez dans des préjugés d'un autre âge.

Passant en bas violets de femme mariée devant le feu crépitant de la cheminée, celle qui paraît être la maîtresse de maison a constellé sa coiffe d'autant de petits miroirs qu'elle a de centaines de livres de rente. Les minuscules psychés, captant le reflet des bougies, lancent partout des traits de lumière à travers la salle à manger. On dirait un phare. Avec du velours noir, symbole de richesse (elle a beaucoup de velours sur sa robe), et les épaules sous un châle à ramage de nuances vives, cette dame pleine de comme il faut prend place d'autorité au bout de la table puis appelle le docteur Doré :

— Au dîner, mon gendre ! Je suis affamée devant les splendeurs qu'a préparées Hélène. Quand on a évoqué ce repas si important pour vous qui briguez la mairie, elle nous avait promis un festin qui ferait date dans l'histoire d'Auray. Je vois qu'elle n'a pas menti. Alors à table !

— Nous arrivons, belle-maman !

Mais le prêtre qui panique retient le gendre à deux mains en insistant :

— Chassez sur l'heure votre cuisinière ! Tant de tombes se sont déjà ouvertes et fermées derrière elle et d'autres vont s'ouvrir encore ce soir si vous ne faites rien !

— Le repas est prêt...

— Faites-le jeter !

— Vous n'y pensez pas ! L'appui de ces personnalités invitées m'est indispensable si je veux devenir le premier magistrat d'Auray, alors vous m'imaginez aller leur déclarer : « Finalement, j'ai réfléchi, rentrez chez vous sans rien goûter » ?

— Je vous dis qu'ici cette fille va réveiller un coquin de sort endormi !... Et que moi, demain, je ferai pour vous tous la prière des trépassés.

La prédiction fait lever les sourcils du gendre :

— Mais vous êtes sûr que c'est elle, votre monstre ? Vous ne connaissez même pas son nom et des Hélène...

— Je l'ai vue quand j'ai apporté au Père éternel du tissu pour leur nappe d'autel ! martèle le curé. Empêchez le massacre pendant qu'il en est encore temps et envoyez la cuisinière au diable !

Le docteur Doré regarde ses invités déjà attablés. Ils déplient leur serviette devant une jolie assiette en faïence emplie d'un délicat potage vert qui tiédit depuis un moment. Tapotant sur la cuillère, ils espèrent l'arrivée rapide du curé et du futur maire pour attaquer. Au bout de la table, n'en pouvant plus d'attendre, la belle-mère décide :

— Bon, ben moi, je commence parce que ça va être froid.

Elle porte la cuillère à sa bouche et renouvelle le geste tandis que son gendre lui crie :

— Non ! Belle-maman, ne mangez pas !

— Et pourquoi ? Elle est très bonne, cette soupe aux herbes...

Tout le monde est autour de la belle-mère alitée dans sa chambre, bavante et comme électrifiée.

— Mais qu'est-ce qu'elle a ?

Elle a un hoquet puis meurt. Le curé demande au gendre :

— Où est Hélène ?

— Ah, ben, je ne sais pas. Vous m'avez dit de la chasser. Je l'ai fait sur-le-champ en lui tendant son bissac.

— On doit la retrouver !

— Ah, ben, faudrait savoir, abbé Olliveau !

Pontivy

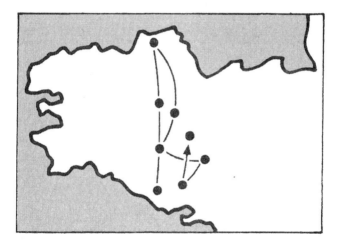

— Tiens, il pleut !

— Ah oui, moi auchi, j'ai chenti une goutte.

Les deux perruquiers normands posent l'extrémité des brancards de leur charrette sur des pavés pour observer les nuages d'où tombe soudain une pluie battante.

— Ah, mais il pleut même beaucoup ! Espérons

que cela n'abîmera pas les balles de cheveux, s'inquiète le chauve.

— Ch'est juste un grain, veut croire le petit tordu à la mâchoire démise.

— Un grain, un grain..., doute le grand borgne en continuant d'ausculter le ciel couvert.

— On est un 3 mars, ch'est une giboulée de mars.

— Dans cette rue du Fil où se trouvent les métiers liés à la toile, nous devrions en acheter une dont on ferait une nouvelle bâche tendue par-dessus les arceaux calcinés de la charrette.

— Avec quel argent ? Si on dépenche le peu qu'il nous rechte, comment on paiera les prochaines chevelures ? Ne t'en fais pas, l'averche va pacher.

— Elle va passer, elle va passer...

Près d'eux, sous l'auvent d'un cabaret, Fleur de tonnerre s'est mise à l'abri de la pluie diluvienne qui menace les rubans de sa coiffe. Elle ne porte aucune attention aux deux Normands qui se glissent sous leur véhicule pour s'y promettre entre les roues :

— Tout le temps qu'il pleuvra comme cha, je ne tirerai pas la charrette plus loin.

— Moi non plus !

La cuisinière contemple, sur l'autre trottoir, la façade d'une maison lierrée entourée d'un mur avec un porche. Fleur de tonnerre se lance dans les flaques d'eau. Près d'une statuette scellée qui l'étonne, elle tire la chaînette d'une cloche, recommence avec impatience tellement la pluie tombe. Bientôt, elle entend une porte claquer puis des pas se hâter sur du gravier et le bruit d'une clé tournant dans la serrure du porche qui s'ouvre.

— C'est qui ? demande aussitôt Fleur de tonnerre en désignant la statuette.

— Saint Thuriau, répond la voix d'un homme qui se protège grâce à un manteau ruisselant qu'il a placé par-dessus sa tête et ses épaules. On lui doit de nombreux miracles dont la résurrection d'une jeune fille.

— C'est quoi, la résurrection ?

— Redonner vie à un mort.

— Ce n'est pas moi qui ferais ça !... sourit Fleur de tonnerre en entrant dans la cour.

À celui qui a ouvert et aimerait savoir : « Et vous, qui êtes-vous ? », tout en allant grimper les marches de la maison, la femme de Plouhinec répond en breton :

— *On m'appelle Hélène. Sinon, qui je suis vous l'apprendrez bientôt... à vos dépens.*

Raccrochant son manteau trempé à la patère d'une cuisine verrière où se fracassent les millions de gouttes du déluge, le monsieur recommande :

— Parlez-moi en français, madame.

— Je vous disais, monsieur Jouanno, que le futur maire d'Auray pense que je suis une cuisinière qui pourrait convenir à celui de Pontivy que vous êtes.

— Oh, que c'est délicat de la part de ce bon docteur Doré ! Comment va-t-il ?

— Bien. En revanche sa mère aurait besoin de saint Thuriau...

— Ah bon ?

On entend un bruit de cavalcade dégringolant un escalier mêlé à des sifflements de bête et aux cris parfois suraigus, parfois très graves, d'un adolescent qui mue :

— J'en ai un ! Papa, j'en ai encore attrapé un dans la gouttière !

L'autre porte de la cuisine verrière qui donne sur la maison s'ouvre brutalement et toute grande, faisant apparaître un garçon surexcité et plein d'acné tenant, bras tendus en avant et dans ses poings serrés, un chat qui se débat. Le félin, toutes dents dehors, crache. Ses pattes raidies ont leurs griffes sorties. Pris par le cou et les reins, malgré des secousses désespérées, il se retrouve plongé dans un évier empli d'eau de vaisselle bouillante. Il y a alors partout des giclées grasses et colorées projetées contre les vitres de la verrière. Elles ruissellent parallèlement à la pluie des bourrasques de l'autre côté du verre. Quand le chat noyé ne bouge plus, l'adolescent le jette au sol comme une serpillière fumante puis s'empare d'une casserole :

— Je vais aller l'accrocher dans la rue à la queue d'un chien qui en deviendra fou ! Donne un de tes rubans pour que je fasse le nœud, toi !

De la coiffe trempée et dénouée de la domestique, il en arrache une partie. Fleur de tonnerre, stoïque, sourit en observant un papier tue-mouches alors que le père intervient :

— Émile, tu pourrais quand même dire bonjour à notre nouvelle cuisinière...

— Je ne parle pas aux bonniches ! réplique Émile Jouanno en claquant derrière lui la porte qui donne sur les graviers de la cour.

— Émile, il pleut ! Prends ton manteau. Tu vas être malade !

— Je m'en fous !

Son père soupire :

— Ah, les enfants... surtout quand on est seul à s'en occuper. Vous en avez, vous ?

— Non. Si j'étais enceinte un jour, j'avorterais.

— Pourtant bon administrateur et maire estimable qui a bien mérité de ses concitoyens je crois, je ne parviens pas à gérer ce fils unique pour qui tous les mauvais tours sont de bons coups d'escrime. Très turbulent, il roue de coups ses camarades au collège, se brûle violemment l'estomac à ne vouloir manger que de la moutarde et boire seulement du vinaigre, substances trop dangereuses pour sa santé qu'il vous faudra toujours absolument dissimuler. C'est là l'unique recommandation à propos de laquelle je serai intransigeant.

— Ah oui, votre fils se délecte de ce qui incendie les entrailles ?...

— J'aimerais que vous lui mijotiez des douceurs, des crèmes et des laitages qu'il finirait par apprendre à apprécier si c'est délicieux. Peut-être que ça le calmerait.

Quelques jours plus tard, dans la cuisine verrière, Fleur de tonnerre essuie d'un doigt la buée d'une vitre pour contempler les trombes de pluie et de vent qui dévastent les mimosas de la cour quand Émile Jouanno, quatorze ans, arrive en gueulant :

— J'ai les crocs ! Où est la moutarde ? File-m'en à bouffer, connasse !

La cuisinière, qui maintenant touille le fond d'une casserole, se retourne, cuillère en bois à la main, et s'offusque :

— Oh, quel enfant mal élevé ! Jamais, monsieur, dans aucune maison on ne m'a manqué de respect en de tels termes ! Sur les conseils de votre père, je vous fais une délicate compote vanillée.

— Tu sais où tu peux te la mettre ? !

Émile Jouanno a tort de parler ainsi à Fleur de tonnerre pendant qu'elle lui prépare à manger mais la jeunesse est souvent imprudente. Après que la domestique eut couvé des yeux les jets de vapeur de sa compote et ruminé en breton : « *Petit drôle, j'ai l'ambition de vous nuire et laissez-moi l'espérance d'y parvenir* », le malpoli rappelle :

— On t'a déjà dit qu'ici on ne parlait qu'en français, bouseuse des landes à menhirs ! Où est le vinaigre ? J'ai soif !

— La mort aussi !... déclare Hélène Jégado en pivotant brutalement sur ses talons. Buvez donc ce lait arrangé par mes soins. Vous verrez, il pique également.

Sitôt le verre vidé, la cuisinière prescrit à l'adolescent en se mettant à le tutoyer :

— Et maintenant, va te coucher puisque tu as mal au ventre.

— Mais je n'ai pas mal. Même le vinaigre ne me fait... Aaarg ! Au secours !...

— Tiens, qu'est-ce que je te disais ? Mais tu n'écoutes jamais !

L'acnéique s'écroule en tas sur le carrelage. On dirait une peau de chat. À côté d'une desserte à étagères où sont rangés des plats, la domestique s'agenouille près d'Émile encore conscient pour lui avouer :

— C'est moi l'Ankou qui se promène à travers la Bretagne et a planté sa faux dans ton cœur, moi qui te ferai le sang aussi froid que le fer.

D'une paume, elle essuie la sueur du front de l'adolescent en ajoutant :

— Ce n'est pas parce que tu es méchant que j'agis ainsi. Gentil, ça aurait été pareil mais là, franchement, ça fait plaisir. Ah, tu ne vas pas me manquer, toi. Reçois l'assurance de mon absolu dégoût.

Après avoir secoué un peu sa victime et constaté le décès, la cuisinière s'empare d'un plat creux pour la compote et se lève. En se dépliant, elle remarque sur le mur de la maison son ombre à la taille encore fine qui s'étire. Elle ôte sa coiffe, retire les épingles du chignon et laisse tomber sur les épaules sa chevelure dont la silhouette paraît maintenant être celle de la capuche de l'Ankou. La femme de Plouhinec tend ensuite verticalement son bras droit qui tient le plat par un bord. L'ombre du membre en l'air ressemble à un long manche d'outil agricole et le plat, selon la manière dont les doigts de Fleur de tonnerre le redressent ou l'inclinent, peint dorénavant sur le mur la lame courbe d'une faux. La porte qui donne sur la cour s'ouvre, laissant entrer un tourbillon de pluie et le père qui demande à la domestique :

— Eh bien, que faites-vous avec ce plat levé ?

— Je rêvais...

— Ma pauvre Hélène, vous feriez mieux de... Oh, Émile ! Mais que lui est-il arrivé ? !

Le lendemain matin, en habit bleu de grand deuil, le maire de Pontivy, debout dans la cuisine, déplie une lettre près de sa domestique assise sur une chaise et d'un calme léthargique. On entend le vacarme de la pluie éclabousser les vitres de la verrière puis la voix du père lisant à voix haute sa feuille de papier :

— 8 mars 1838... Rapport d'autopsie... Émile Jouanno... Estomac enflammé, intestins corrodés, qu'il est possible d'attribuer à une très excessive consommation récente de moutarde et de vinaigre.

La main qui tenait la lettre retombe le long d'une cuisse du premier magistrat de la ville dépité :

— Je vous avais pourtant dit : « On cache un produit dangereux ! »

— C'est ce que je fais, monsieur.

— La preuve que non, mon fils en est mort.

— Pourtant…

— Hélène, il vous faudra chercher une autre place.

Fleur de tonnerre se lève, enfile un manteau, jette son bissac par-dessus une épaule et se remet en route. Passant sous le porche, elle salue la statuette scellée de saint Thuriau d'un :

— Respect à madame la Vierge sans oublier la Trinité !

Soudain, rue du Fil, le ciel lourd de nuages pluvieux éclate en grêle. Les billes de glace crépitent sur les toits, rebondissent dans une pétarade contre les tôles. D'un élan rapide, il en tombe des tonnes au sol. La rue du Fil, devenue argentée, étincelle. Les deux Normands, courant autour de leur charrette, n'en reviennent pas :

— Mais ce n'est pas possible ! Ce n'est-n'est pas po-possible ça !

Ils dérapent sur les mots comme la semelle sans talon de leurs savates, éculées par des années à tracter la charrette, patine dans le roulement des grêlons. Ils tombent, se relèvent. On dirait deux naufragés du ciel. Ils se retiennent l'un à l'autre, bras dessus, bras dessous. On croirait qu'ils forment un cercle de danse bretonne. Des éclats de planches percutées s'envolent aux claies branlantes des bords de leur véhicule et la toile saccagée des balles rangées sur le plancher se crève en des quantités d'endroits. Le grand borgne, qui s'en arracherait les cheveux s'il lui en restait, saisit, par touffes, ceux qui s'échappent des trous percés sous la mitraille céleste. Il en pleurerait :

— La marchandise va être gâchée !

Tout se déforme et se perd. Et quel boucan que cette tempête de billes de glace. Quand l'un crie : « Couche-toi sur les balles, ça les protégera ! », l'autre répond : « Che ne t'entends pas ! » Un rire les renverse.

Pour la cuisinière qui s'éloigne, la grêle est une précipitation d'aiguilles et d'épingles lancées, comme à l'aide d'une fronde, afin de la chasser hors de la ville. Elle se sent le point de mire des rafales qui se succèdent mais s'en fout. Seule, entre les débris honnis de son désastre intime, Fleur de tonnerre marche, tendant les bras devant elle. Ses paumes tournées vers le ciel, vite emplies de lacs de lumière, s'envolent quelquefois comme des oiseaux blancs alors que derrière, les perruquiers, au fond d'un cauchemar énorme, se débattent comme des nageurs en gueulant :

— Quel temps pourri ! On est autant entourés d'eau que des poissons. À force, il va nous pousser des écailles ! Mais qu'est-ce qu'on est venus foutre dans cette Bretagne de merde ? !

Hennebont

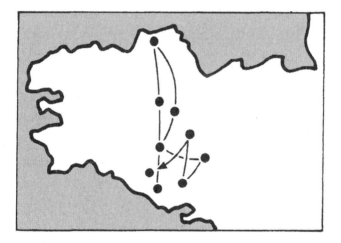

En une sombre chambre à coucher, aux rideaux encore fermés et qui sert aussi de cabinet de travail, un vieillard tellement cassé qu'il en est déformé se traîne au réveil. Pour aller de son lit-clos en marqueterie jusqu'à un ancien fauteuil à personnages, sans doute sculptés sous le roi Salomon, il s'agrippe d'abord à une horloge de Cornouaille puis s'essouffle le long du bandeau en pierre de la cheminée où pétille encore un peu un feu mourant. Debout dans l'encadrement d'une porte de cuisine, Fleur de tonnerre – belle femme rayonnante – se moque de lui :

— Monsieur Kerallic, si vous marchez de ce train-là, en arrivant à votre fauteuil vous serez vieux !

— Mais je suis vieux, Hélène. Homme las, je n'ai plus l'âge des randonnées. Je me déplace rarement, comme les pièces aux échecs.

En robe de chambre outremer, il passe devant des animaux empaillés, des insectes conservés dans l'esprit-de-vin, et regrette :

— Les ans ont neigé sur mes tempes mais finalement, ayant vécu sans beaucoup de joie, je mourrai sans trop de regret. Comment avez-vous fait pour venir à l'aube me secouer une épaule au lit et me souffler à l'oreille : « C'est l'heure, ancêtre obstiné ! Il va falloir sauter le pas. Moi, on m'appelle Hélène » ? Avais-je laissé la porte ouverte comme si je vous espérais ?

— J'allais vers Lorient quand, dans une rue en pente d'Hennebont, une voix m'a conseillé : « Passe d'abord chez le vieil instituteur Kerallic fatigué de l'existence. Il t'y donnera du service. » Alors je me suis dit : « Bon, j'irai juste y faire un tour pour son café du matin puisque ensuite il faudra que je prépare ailleurs le repas du midi. »

— Vous comptez repartir bientôt ?

— Eh ! C'est que j'ai du monde à visiter, moi, monsieur Kerallic ! Alors si je m'attarde chez chacun, je ne ferai jamais de chiffre.

— De quoi parlez-vous ?

— Je vais m'occuper du café, répond la domestique en se retournant vers la cuisine.

L'aïeul s'affale dans son fauteuil entre un recueil de contes celtiques et une grammaire hébraïque posés sur les accoudoirs près de sa table chargée pêle-mêle de papiers, de livres, de journaux. Sa lampe fumeuse, allumée par la visiteuse, l'éclaire mollement alors qu'il continue à faire part de sa lassitude et de sa fatigue :

— Mon mal, à ce qu'il paraît, serait une manière de brouillard que j'ai maintenant dans la tête me faisant confondre la réalité et le rêve.

— Moi aussi j'ai ça, monsieur Kerallic ! sonne la voix de Fleur de tonnerre depuis la cuisine.

— Ah bon, à votre âge, Hélène ?

— Des fois, je ne sais plus...

Revenant dans la chambre avec un objet cubique en bois à la main, elle demande :

— Ça sert à moudre le café ? !

— Oui, c'est nouveau et offert par un ancien élève devenu le médecin d'Hennebont.

— Que lit-on sur sa plaque fixée au tiroir ?

— Le nom de celui qui l'a inventé : Peugeot.

— Vous qui êtes instituteur, montrez-moi comment écrire « Ankou ».

— Quelle drôle d'idée ! Je vais tenter de vous en dessiner les lettres sur cette feuille de papier bien que mon écriture ait complètement changé. De mes grands jambages d'autrefois, où mon crayon courait comme l'eau au moulin, je suis arrivé à de souffreteuses pattes de mouche. Voilà, madame : ANKOU.

— Ah, ça fait ça...

Fleur de tonnerre prend place sur un banc dossier. Moulin à café entre les genoux, elle y vide le tiers d'un sachet, coulisse le couvercle, clac ! Ça ouvre les lèvres de la domestique qui estime en tournant la manivelle :

— Ce système est plus pratique qu'avant où il fallait, à coups de maillet, casser les grains enveloppés dans un torchon. Il s'en échappait parfois qui roulaient sur les tapis et qu'il fallait rechercher si on voulait les écrabouiller également. C'était une perte de temps.

Elle écoute et se délecte des craquements impitoyables dus au mécanisme intérieur de l'appareil qui fait que, là, aucun grain ne sera rescapé :

— Monsieur Kerallic, j'en aurais passé du temps, moi, au chevet de tant de gens à prendre soin de ce qu'il fallait bien leur faire à tous.

— Vous êtes aussi infirmière ?

— Non, on ne peut pas dire ça quand même... mais rien que pour venir de Pontivy à chez vous, ce fut trois ans dans des fermes, auberges, maisons bourgeoises, à essuyer partout des fronts de personnes brisées de convulsions jusqu'à leur réduction en poussière...

— Chez tous, la mort ? !... C'est une bien grande fatalité. Convenez-en, Hélène.

— Peut-on dire, hein, monsieur Kerallic ? J'entre dans des maisons et tout le monde se met à vomir.

— Peut-être qu'ils ont ingéré quelque chose de malsain. Personne ne s'est méfié ?

— La seule vue d'un potage n'indique pas ce qu'il y a dedans.

— De quoi meurent-ils ?

— Sans doute d'une digestion de poitrine.

— Digestion de poitrine ?...

Les bretonnismes et l'accent paysan morbihannais de la domestique amusent le vieil instituteur qui, d'un air énigmatique, la scrute de ses yeux doux comme deux fleurs sur une ruine.

— Vous avez alors vu bien du malheur ! On ne trouverait chez personne une malchance pareille.

— Je me force de faire mon ouvrage.

— C'est un triste métier que le vôtre.

Fleur de tonnerre continue de tourner la manivelle du moulin à café tout en parlant :

— En tout cas, ce n'est pas pour l'argent que je me donne ce mal. D'ailleurs, bien souvent, je suis partie de chez les personnes sans recevoir mon gage.

— Pourquoi, vos employeurs étaient pauvres ?

— Ce n'est pas tellement ça mais... comme je vous l'ai dit... souvent quand... partais... eux, n'étaient plus vi...

Il manque dans sa bouche des mots comme au clavier d'un piano il manquerait des touches.

— Que voulez-vous, monsieur Kerallic, j'ai le défaut de trop m'attacher aux gens. Mais c'est vrai que j'ai déjà vu périr tant d'êtres enveloppés dans mon destin. Et ce n'est pas fini...

L'esprit un peu en déroute, elle verse d'autres grains torréfiés dans l'appareil tandis que le vieil homme comprend.

— Moi non plus, ce n'est pas pour m'enrichir que je suis devenu instituteur... mais quand on se sent investi d'un rôle... À propos du vôtre, j'ai lu dans *Le Conciliateur* daté d'hier qu'on annonçait le retour en France des cendres de l'empereur Napoléon à qui on doit deux millions de morts.

— Combien ? ! demande la cuisinière interloquée et soudainement humiliée.

— Deux cent mille en Russie, quarante mille à Waterloo…

Fleur de tonnerre est sidérée :

— Je ne sais pas ce qu'il cuisinait celui-là mais ce devait être un fameux tambouilleur !... Moi, je dis que le mieux pour les gâteaux c'est la *reusenic'h*. Ça a un goût sucré. À un moment j'avais pensé à l'anti… pape, curé, évêque ?

— Antimoine ? propose l'instituteur.

— Ah oui, c'est ça, mais les gens auraient repéré sa saveur d'argent sale alors ils auraient dit : « Oh, ce gâteau a un drôle de goût. Je ne vais pas le finir… » C'est quoi un million de morts ?

— C'est autant de gens décédés qu'il y a de particules de café dans le tiroir de ce moulin que vous devriez ouvrir d'ailleurs car il doit être plein maintenant.

La domestique saisit entre deux phalanges un peu de poudre brune qu'elle laisse s'écouler sur la feuille de papier où est écrit le mot ANKOU. D'un ongle, elle met à part une bonne vingtaine de débris puis compare avec le tas restant dans le tiroir :

— Mais non… Vous vous moquez de moi, monsieur Kerallic !

— Si, Hélène.

— Comment ce serait possible ?

— Ah ça, pourquoi ce fut possible…

— Vous perdez la tête, mon bon monsieur. Il est temps que je vous serve votre mixture.

Elle file dans la cuisine où l'on entend chanter l'eau de la bouilloire puis bientôt le « pop ! » mat d'un bouchon qu'on retire d'un goulot suivi bientôt d'un cliquetis de cuillère qui touille. Fleur de tonnerre revient dans la chambre, tasse fumante à la main :

— Mais alors avec votre Léon Napo, là – le moulin à café humain ! –, la France est devenue très, très grande...

— Il l'a laissée plus petite que quand il est arrivé au pouvoir.

— C'est loin d'ici, la France ?

— Nous sommes en France, Hélène.

— Mais non, ici, c'est la Bretagne. Oh, mon pauvre monsieur, ça ne va plus du tout !

Le vieil instituteur porte la tasse à ses lèvres, souffle sur la vapeur et boit une lampée devant la domestique qui demande :

— Il est bon ?

— Un peu sucré mais je m'y attendais... Merci de l'avoir fait pour moi.

— C'est la moindre des choses. Un petit service ne se refuse pas.

— Ravi de vous avoir rencontrée, Hélène.

— Également.

— Vous faites très bien votre travail.

— Merci. C'est rarement que j'ai des compliments.

Un brouillard se répand sur les prunelles du modeste instituteur qui, adolescent sous la Révolution française, les a eues bleues comme un ciel de mai.

— Monsieur Kerallic, puis-je vous couper une mèche de cheveux ? C'est parce que j'aime bien toujours repartir avec un souvenir que j'accroche à la suite des précédents. J'en constitue une guirlande conservée dans une des sacoches de mon bissac.

En signe d'acquiescement, le vieux monsieur étire lentement deux doigts de sa main qui porte la tasse puis boit encore longuement une gorgée de café pendant que la domestique lui tranche une boucle blanche. Elle dépose ensuite, verticalement contre la poitrine de l'aïeul, la feuille de papier où est écrit le nom Ankou :

— Ainsi on saura qui vous a fait ça. Sûrement que votre docteur n'y croira pas et pensera plutôt que le café aura brûlé l'estomac. Les médecins sont des ânes qu'on peut facilement berner.

— Hélène, je vous suis reconnaissant car, à la longue, j'en avais assez du cirque des civilisations et de cette vie, sale besogne au souci perpétuel…

Sa respiration devient oppressée et sa voix si faible que le son de ses paroles ne parvient presque plus aux oreilles. Face à Fleur de tonnerre aux yeux d'une rare douceur, il sourit, tasse vide posée sur son recueil de contes celtiques. Il la nomme aussi maman par erreur et relate un souvenir de prime enfance :

— J'avais peur des grandes ombres. J'avais peur des contorsions du soleil le soir… Adieu, celle qui met ma mort au monde.

— *Kenavo*, monsieur Kerallic.

*
* *

— Eh bien, madame Aupy, on la mange cette soupe ou quoi ?

— Elle est sucrée.

— C'est parce qu'elle est aux carottes et que les carottes sont un peu sucrées. Craignez-vous que je vous empoisonne la vie ? Je ne suis pas Léon Napo. Ça représente qui, là, sur le dessin au mur en face de vous ?

— C'est mon fils François, prêtre à Orléans dont je suis si fière, mais il ne me donne plus de nouvelles.

— Il a une tête spéciale et un très grand nez, hein ? Allez, madame Aupy, encore une cuillerée... pour François !

Lorient

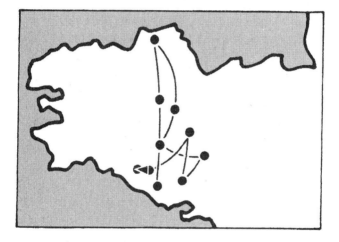

— Euark ! Euark !...

— Monsieur Matthieu Verron, trouvez-vous que la toux de votre épouse ressemble au chant du coq ? Parce que si ça ressemble au chant du coq, tous les livres de médecine le précisent, c'est une toux croupale et alors là... Mais est-ce que ça y ressemble ? Je ne parviens pas à me forger un avis.

— Euark ! Euark !…

Dans cette claire salle à manger luxueuse aux meubles en poirier, cerisier, une femme est allongée à plat dos sur la table en palissandre. Bras le long du corps et en tablier à grand devantier de soie brodée, encolure ornée de duvet de cygne, sa tête blême et souffrante repose, nuque sur un oreiller, et elle est en proie à de vives douleurs au niveau du buste.

— Euark ! Euark !…

— On ne dirait pas « Cocorico ! » veut croire Matthieu debout près de son épouse.

De l'autre côté de la table, le médecin ne sait pas. La cuisinière de M. et Mme Verron, immobile vers les pieds de la moribonde, n'exprime aucune opinion. Elle se contente d'admirer le mari qu'elle paraît trouver beau comme un dieu pâle aux yeux d'ivoire. Lui, cheveux longs châtain clair portés en queue-de-cheval, remarque machinalement qu'un bouton s'est décousu à son gilet bleu glazik, l'absence de deux autres qui sont tombés, et l'accroc fait à un poignet de sa chemise.

— Ces accidents vestimentaires sont survenus lorsque mon épouse s'est brutalement accrochée à moi en hurlant : « Matthieu, je t'aime ! »

À l'évocation de ce cri, la cuisinière se mord la lèvre inférieure et dandine la tête tandis que le docteur s'interroge en auscultant la malade :

— Déjà, ce qu'il faudrait comprendre avant d'espérer la guérir c'est : est-ce que votre épouse tousse vraiment ou cherche-t-elle à vomir ? Son mal provient-il de l'appareil respiratoire ou du système digestif ?

— Tout à l'heure, après le goûter d'après-midi, elle a brutalement restitué un petit gâteau.

Entre les draps qui glissent, leurs pieds se cherchent et leurs mains rapprochées ont des frissons. C'est, sous les étoiles, un exode singulier que le voyage de cette apparition près du veuf. N'est-ce pas aussi honteux et désolant ? La bougie enflammée semble un reproche muet. Lui cherche à l'éteindre mais toujours elle se rallume. Liesse et mystères, sur leurs corps ce sont des alternances d'ondes sombres puis brillantes. Les chimères troublent la nuit. On les croirait, tous deux, beaux dieux roses qui dansent nus. Sensualité à fleur de peau et vivante (elle !…) à n'en plus finir, la voilà qui glisse la pointe de ses seins, ses lèvres entrouvertes, le long de la poitrine de Matthieu, le long du ventre, plus loin encore en mendiant : « S'il vous plaît, quelque chose à se mettre dans la bouche ! » C'est alors un très grand bonheur, une véritable ivresse. Elle sait la langue tournoyante des anges. Il lui crie des mercis géants.

À l'heure du petit déjeuner, en apportant une tasse de chocolat, la domestique demande :
— Bien dormi, monsieur ?
— J'ai fait un rêve, Hélène.
— Ah, ben, c'est bien, ça…
Coiffée d'un simple bonnet de dentelle porté à l'arrière de la tête, la blonde sert le veuf à table et se tient debout derrière lui. En attendant l'heure de son bain, elle lui frotte déjà les mains et les pieds avec une herbe qui croît au fond des sources – « C'est ainsi qu'on faisait à Plouhinec pour dissiper les peines de cœur. » Cela ne lui fait ni bien ni mal. Il sent les doigts, les paumes de Fleur de tonnerre à la peau de satin et hume son parfum vanillé doux comme

— Alors, ce serait un désordre stomacal. La pâtisserie, peut-être avariée, fut achetée en ville ?
— Non, soigneusement préparée par Hélène.
Hélène… Matthieu Verron a articulé le prénom de la domestique et c'est si doux aux tympans de celle-ci. Elle veut l'entendre le dire encore :
— De qui parlez-vous, monsieur ?
— Mais de vous, Hélène…
La cuisinière baisse les paupières et soupire d'aise alors que Mme Verron ne va pas bien du tout :
— Eu-euark !…
— Ah mais, elle a maintenant un écoulement de sang aux narines ! s'inquiète le docteur. Ce seraient donc les poumons.
— Peut-être pas, prévient le mari, car ma femme saigne parfois du nez à cause de la trop grande violence, pour elle, du parfum des fleurs. Il n'y en avait aucune, le jour de nos noces. Elle est surtout allergique à celles, sauvages, comme il en pousse sur les landes autour des menhirs. Elle accorde à certaines fleurs des pouvoirs maléfiques comme si elles avaient signé un pacte avec le mal.
— Je ne vois pas de bouquet dans cette pièce, vérifie le médecin d'un regard circulaire.
— Effectivement. Nous n'avons jamais eu de vase à la maison.
Fleur de tonnerre tourne la tête vers la vitre dégoulinante d'une fenêtre à travers laquelle elle regarde un papillon attendre patiemment sur une branche. Son cœur est lourd, la branche penche et le mari dit :
— Les saignements de nez de mon épouse ont curieusement repris il y a quelques jours sans qu'elle

ai pourtant respiré la moindre fragrance florale. Ça a correspondu avec l'arrivée chez nous d'Hélène.

— De qui, monsieur ? demande la domestique.

— Eh bien, de vous.

Bon, d'un rictus déçu, la cuisinière regrette que sa ruse n'opère pas à tous les coups.

— Eu-eu-euark !...

L'air est immobile et tout semble hésiter. Oui ou non, cette toux est-elle comparable à la mélodie d'un gallinacé ?

— Eu-eu-eu… Eueuark !

— Co-co-co… Cocorico ! répète le médecin comme en écho. C'est le chant du coq ! panique-t-il soudain. La pauvre ne s'en relèvera pas.

Le mari s'empare d'une main de sa femme qu'il serre :

— Oh non, ne meurs pas, chérie ! Ton dernier soupir éteindrait le soleil et troublerait les constellations. Jamais je ne saurais t'abandonner à l'oubli ou te remplacer.

Fleur de tonnerre, paupières baissées et souffle court, semble imaginer que ces paroles qu'elle boit lui sont adressées. Son cœur tambourine alors que celui de l'épouse cesse de battre. La paume de la défunte glisse entre les doigts du veuf. Matthieu Verron ôte l'élastique de sa queue-de-cheval pour, en signe de deuil, laisser ses beaux cheveux flotter sur ses épaules. À l'extérieur et dans la pluie, deux index repliés cognent au carreau de la fenêtre donnant sur la rue du lait. Ce sont ceux des perruquiers normands. D'un air interrogateur, le grand borgne, avec deux doigts tendus, imite les battements de lames d'une paire de ciseaux alors que le petit difforme frotte un pouce au bout de deux phalanges de la même pogne pour indiquer que la belle chevelure serait payée. Une paume du docteur glisse sur le visage de la dépouille pour lui fermer les yeux :

— C'était une attaque de croup. La plus aiguë que j'aie jamais vue !

Le veuf enlise sa figure dans ses mains, solitaire, jusqu'à on ne sait quelle absurde profondeur.

— Pour la cérémonie de ses obsèques, il me faudra préciser : « Ni fleurs ni couronnes. »

Le regard rêveur de Fleur de tonnerre se perd dans le lointain.

Quelques nuits plus tard, Matthieu Verron souffre d'insomnie, seul, en son lit conjugal. Tourné vers le mur et replié tel un fœtus dans un inconsolable veuvage, il a laissé la bougie allumée sur sa table de chevet. Il lui paraît maintenant entendre craquer les marches de l'escalier comme si quelqu'un descendait vers sa chambre dont la porte s'entrouvre. Matthieu pivote les épaules, les yeux, et voit venir une longue fumée blanche semblable au fantôme d'une femme. Un tablier à grand devantier de soie brodée, une encolure ornée de duvet de cygne… Tout fixé dans la contemplation de ce qu'il regarde, M. Verron croit rêver. La créature qui s'approche de lui telle une fée descendue des montagnes, et qui passera avant longtemps à l'état de mythe, a les hanches plus larges que celles de son épouse et ses seins lourds surgissent, radieux comme des yeux, lorsqu'elle laisse s'abattre les vêtements au sol. Sa toison pubienne est blonde et elle a la nudité contagieuse. Matthieu ôte sa chemise de nuit. Au lit, la survenue le rejoint pour s'engloutir dans son ombre.

un secret. Elle, tout le jour, pudeur, calme, respect, silence et vigilance, fait avec simplicité son humble devoir de pauvre âme à tout faire mais la nuit...

La porte s'ouvre dans la chambre de M. Verron. Revoilà donc le bonheur. Matthieu, couché à plat dos, tourne ses yeux lyriques vers la fée nue qui s'approche. Elle le chevauche, s'installe sur ses hanches, droite en selle. Elle ouvre dans la nuit du beau veuf une porte de secours tournée vers l'idéal. Elle se hisse un peu, se rabaisse, se hisse... Accouplement aux musiques éternelles, il s'en met aussi plein la vue et plein les doigts. Carillons des cœurs ! Elle rit dans la pleine lumière d'or de la bougie allumée, se penche vers la bouche de Matthieu. Il voit s'approcher entre les lèvres le bout nacré de ses dents blanches et boit son souffle, ô cette douceur, ô ce poison ! Alors qu'il la pénètre d'attendrissement, tant de baisers de buée puis soudain les pâles amants, joignant leurs mains démentes, crient ensemble. Elle lui lance dans la gorge un mot vertigineux, venu du fond du monde, qui abolit le bel ordre : « Je t'aime, Matthieu ! » auquel il répond en hurlant le prénom de son épouse défunte. Raah !... Honteux du lapsus, il rabat le drap et la couverture par-dessus eux deux, emmitoufle d'ombre la fée si instruite des merveilles de l'univers et des choses de l'amour. La toile et la laine en faisant des vagues abritent des secrets aimables qu'on devine. « Quelque chose est là qui fut tout en pleurs ! » C'est là-dessous un idéalisme orgiaque dont les vices lèveraient le cœur à des sauvages puis la reprise d'un martèlement gentil.

— La nuit fut bonne, monsieur ?

— Je n'en ai jamais rêvé d'une aussi belle. Et vous, Hélène, bien dormi ?

— Monsieur s'intéresse à mes rêves ? Me ferait-il des ouvertures de mariage, me considérant comme un parti sortable ?

— Est-ce que j'aurais tort, Hélène ?

— Oui, monsieur.

Le soir, dans sa mansarde au-dessus de la chambre de M. Verron, Fleur de tonnerre fait les cent pas en se tenant le crâne dans les mains et suppliant : « Non, pas lui, pas Matthieu !... », mais « *Wik ! Wik !* », malgré des phalanges au creux des oreilles, elle entend un grincement d'essieu qui la rappelle à l'ordre : « Pense à ton devoir ! Quant à cette vieille ironie – l'amour –, j'aimerais bien que tu n'y songes plus. C'est chimère !... » L'âme crispée lorsque la nuit tombe, elle écoute cette voix qui lui parle du fond d'une fosse épouvantable et la harasse tant qu'elle semble dans sa chambre de bonne telle une désespérée : « Pas lui !... »

À l'étage du dessous, M. Verron, au lit, observe le plafond et entend traîner les souliers à boucle de sa cuisinière. Il se tourne, se retourne, sans pouvoir dormir et le cœur étreint d'une angoisse lorsque, à l'approche de l'aube, la porte de sa chambre s'ouvre enfin. L'apparition qui met du surnaturel dans l'existence du veuf a changé du jour à la nuit. Ses yeux ne sont plus des yeux mais deux petites chandelles blanches brûlant au fond de deux grands trous noirs. On dirait la naufragée d'un cauchemar qui n'a pas de grève mais qu'une force étrangère à elle fait aller vers lui.

— C'est la fin. Nous ne nous verrons plus...

Habillée, elle porte un bissac sur une épaule. Lui se lève, nu, face à elle :

— Belle mort, je me serais abandonné à ton bras...

— Tais-toi !

Alors qu'elle le laisse lui ôter sa camisole par-dessus les épaules et baisser sa jupe, des lèvres de la belle un soupir dégonfle le silence :

— Tu m'oublieras. J'aurai passé comme une ombre.

Elle s'agenouille face à lui et s'empare dans une de ses deux sacoches d'une bouteille contenant une poudre blanche dont elle paraît saupoudrer quelque chose qu'elle engloutit ensuite tout entier entre ses lèvres après avoir réclamé :

— Désaltère-moi.

Lui la découvre, de dos, dans le reflet d'un miroir accroché au mur d'en face. Les épaules de la douce, sa taille fine, son cul élargi parce que assis sur les talons, dessinent la silhouette d'une guitare. En haut de cet instrument à plaisir, une chevelure blonde bascule d'avant en arrière et lui la saisit par les cheveux pour imprimer un rythme. Beau vainqueur lumineux, pur comme un ange, avec l'aurore qui arrive il lui égoutte dans la bouche un adieu transparent. Des larmes pâles aux reflets irisés ruissellent à des commissures féminines.

Fleur de tonnerre traverse la rue à l'Herbe, mal pavée, mal tracée, en titubant et se tenant le ventre à deux bras. Elle suffoque, blêmit, vomit contre les murs, mettant tout sur le compte de l'arsenic. Elle ressemble à une née on ne sait où qu'on retrouvera bientôt crevée de désespoir par terre. Les gens vertueux qui la croisent s'en trouvent mal à l'aise dans leur culotte. La domestique espère le premier d'entre eux qui osera lui crier canaille. Déjà avant… mais là, il ne va pas falloir trop la gonfler, Fleur de tonnerre. Malheur à tous ceux qui ouvriront leur porte à sa carrière de mort. Malgré son état trébuchant, bissac sur l'épaule, elle va au crime d'un pas résolu tout en chialant son chagrin d'amour. Entre les maisons en bois et torchis qui fléchissent et font hernie, dans la ruelle aux façades qui entreraient les unes dans les autres si on n'avait pas installé des poutres transversales, les deux perruquiers normands découvrent un triangle de ciel bleu :

— Tiens, il ne pleut plus !

— Cette averse aura quand même duré cinq ans… Regarde comme la charrette et son chargement dégoulinent.

Des jets de larmes s'échappent des yeux de la cuisinière quadragénaire.

— Cha va chécher, promet le petit perruquier.

— Ça va sécher, ça va sécher…, doute le grand.

Ploemeur

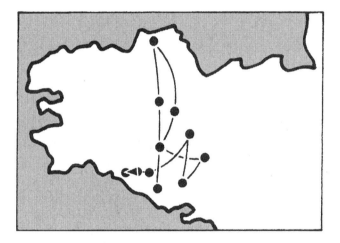

— Non, non, non, monsieur Dupuy de Lôme, ça ne me plaît pas de rester jusqu'à l'été en ce château de Soye ! Il y a trop loin pour aller faire les commissions à pied jusqu'au bourg de Ploemeur. C'est à Lorient que je fus engagée. Si j'avais su que j'allais finalement m'éterniser dans une gentilhommière perdue au fond d'une forêt, j'aurais décliné la place. Je n'ai qu'une envie, celle de rendre mon tablier !

— Vous ne pouvez pas nous faire ça, Hélène ! Qui préparerait nos repas ? Lorsqu'on vous a prévenue qu'on allait venir ici passer une partie du printemps, c'est à ce moment-là qu'il fallait refuser. Comment voudriez-vous maintenant qu'on trouve une autre cuisinière ? Alors bien sûr, on avait dit quinze jours et puis finalement on reste plus longtemps mais, même si ça vous fait loin pour les courses et j'en ai bien de la peine, l'endroit est joli. Écoutez les chants variés des oiseaux, le bourdonnement des abeilles...

— Ce lieu est empoisonnant, l'eau scrofuleuse et l'air mauvais.

— Qu'est-ce que vous me racontez ? Je suis né dans ce château il y a vingt-cinq ans et sais bien qu'il n'y a là aucun souci pour la santé !

— Que se passe-t-il, Stanislas-Charles ? demande un homme, déboulant à son tour dans la cuisine, alerté par les éclats de voix qui y résonnent.

Il porte un collier de barbe blanche frisée comme la laine d'un mouton, les cheveux raides rejetés en arrière, des sourcils très fournis, et son fils lui répond :

— Père, c'est Hélène qui fait encore des siennes ! Hou..., je crois qu'il me sera plus facile de créer les premiers bateaux de guerre à vapeur, d'être pionnier dans le contrôle des ballons dirigeables, que d'avoir un jour de l'autorité sur cette cuisinière !... Non contente de se plaindre de la distance pour les provisions, la voilà maintenant qui exige qu'on rentre à Lorient aussi parce que la vie serait « empoisonnante » au château de Soye.

— Remarque, se doit de reconnaître l'aïeul, en début d'année, nos chevaux ont péri par la mauvaise qualité des eaux.

— Ah, qu'est-ce que je disais !... s'exclame Fleur de tonnerre face à Stanislas-Charles qui fait la gueule alors qu'une gamine de deux ans et demi rapplique contre la jupe rouge de la domestique, cherchant à savoir :

— Tu es fâchée, marraine ?

— Marie, cesse de l'appeler marraine ! s'agace le jeune ingénieur naval. Ce n'est pas ta marraine, c'est la cuisinière !

— Si, tonton, c'est ma marraine ! Ouiin !... se met à pleurer l'enfant alors qu'une mère court vers la cuisine en voulant apprendre ce qui fait hurler son enfant vêtue d'une robe blanche perlée avec un col en dentelle :

— Passe-la-moi, ordonne-t-elle à son frère.

Stanislas-Charles Dupuy de Lôme s'empare de sa nièce blottie entre les jambes de Fleur de tonnerre et la tend, gesticulante, à sa sœur alors que la cuisinière grogne :

— Une femme ne doit jamais souffrir qu'on lui passe son enfant par-dessus la table.

— Et pourquoi, Hélène ? demande la maman.

— C'est signe que l'enfant ne passera pas la semaine !

La prédiction jette un froid que tente de réchauffer le grand-père au menton moutonneux :

— Allez, Hélène... Vous râlez souvent mais je suis convaincu que vous filerez tout à l'heure acquérir une de ces poulardes que vous savez si bien préparer que ce soit fricassée ou grasse à la broche avec des pommes de terre que…

— Si ce n'est pas trop lourd ! prévient la domestique. Parce que autrement je prendrai six artichauts pour nous tous que j'accompagnerai d'une vinaigrette aux herbes et ça ira bien comme ça !

— Moi, j'aurais bien mangé du brochet…, chantonne une grand-mère fluette qui rejoint le reste de la famille autour de la table. Bon, pour en trouver auprès d'un pêcheur d'étang, il faut aller bien au-delà de Ploemeur, mais…

— Alors toi, Hortense-Héloïse, ne viens pas envenimer la situation ! la coupe son mari en fronçant ses sourcils broussailleux.

— Et pourquoi, père, maman n'aurait pas droit à du brochet ! s'emporte Stanislas-Charles. C'est incroyable, ça ! Allons-nous devoir vivre sous le commandement de la cuisinière et ne plus être maîtres chez soi ? Hélène, vous m'écoutez et puis c'est tout !

— À votre gré, rumine la domestique à qui le ton de son employeur ne plaît qu'à moitié. Bon, bon, bon, alors je vais faire ce qu'il faut.

— Voilà, faites ce qu'il faut, ça vous changera ! Commencez par servir le petit déjeuner à ma nièce et ensuite, aux courses au pas de course ! Non mais !

— Attention, monsieur Dupuy de Lôme, à force de jouer contre vous-même vous allez finir par gagner…

— Ah, pas de menaces en plus, hein !

Tout le monde quitte la cuisine sauf Marie qui retourne s'agripper à la jupe de Fleur de tonnerre.

— Tu me raconteras aussi une histoire, marraine ?

— Mais oui, ma chérie.

Sous son bonnet ruché, l'air affable pour l'enfant,

la cuisinière raconte, de dos, en touillant un peu de lait qui chauffe dans une casserole :

— C'est l'histoire d'un roi, oncle d'une princesse. Il prend une poignée de poussière, la lance, et son château tombe avec la princesse.

Panier vide à la main, la domestique sort de la gentilhommière de style classique avec des « Mort-Dieu » à la bouche. Les bêtes matinales aux ailes transparentes, le vol des papillons, le ciel pur, varient à l'infini les douceurs du paysage. C'est le plus beau soleil de la décennie.

— Chans doute du chiècle ! s'exclame le petit per-ruquier en lançant son bras tordu en l'air près de la charrette garée au bord de la route.

— On devra peut-être, quelque part, sortir les cheveux pour les mettre à sécher, suggère le grand chauve.

Ils ont tous deux beaucoup vieilli. Les champs et le chemin qui mène à Ploemeur fument. Plus loin, Fleur de tonnerre croise un agriculteur qui dévalue une fille à marier pour obtenir une dote plus conséquente : « Elle est bien laide. » Les parents tendent une bêche à leur aînée et celle-ci prouve sa force en arrachant du sol d'énormes mottes de terre. Le paysan hésite. Les cours d'eau sont ombragés.

De retour vers le château de Soye et panier d'ar-tichauts au bout d'un bras, la domestique découvre qu'on promène, dans une carriole traînée par des hommes, un mari qui s'est laissé battre par sa femme. Passé un talus empanaché de genêts et coiffé de ronces, sitôt entrée dans le salon de la gentilhommière, Fleur de tonnerre, découvrant du monde penché sur un petit corps allongé à même le parquet, se précipite, hurlant en langue bretonne :

— *Quit a ha lessé divan va anaou !* (Retirez-vous de dessus ma trépassée !)

Alors que l'ingénieur naval demande : « Qu'est-ce qu'elle a baragouiné ? », la domestique lâche son panier pour s'agenouiller près de Marie qu'elle redresse et enlace tout en lui chuchotant à l'oreille des mots celtiques :

— *Un mauvais ange t'a mise sur mon chemin. Du moins, dis, j'aurai vécu dans ton cœur ?*

Tendant ses faibles bras autour du cou de la cuisinière, l'enfant répond un murmure inintelligible. Cela ressemble au cri doux que l'herbe agitée expire et Stanislas-Charles, qui n'a pas compris, s'étonne :

— Marie parle breton ?

Les mains de Fleur de tonnerre ferment les yeux de l'enfant à la robe perlée. La mère est anéantie sur une chaise. Le grand-père se désole :

— À quelle force irrésistible aura-t-elle donc cédé ? Quand mon gendre apprendra la nouvelle, il sera si désespéré du décès de sa fille.

La grand-mère suffoque. L'oncle observe l'intérieur du panier puis la cuisinière qui s'éloigne. Il la rattrape par une manche :

— Vous auriez dû rapporter six artichauts pour nous tous et n'en avez pris que cinq. Pourquoi ? Vous n'appréciez pas les artichauts ?

— Si, mais je n'aime pas me charger pour rien.

Stanislas-Charles scrute la cuisinière, droit dans les yeux :

— Hélène, de quoi est morte à deux ans et demi une petite Marie Bréger en ce 30 mai 1841 ?...

— Vous me demandez ça à moi qui étais partie aux commissions quand ma filleule s'est écroulée.

— Ce n'était pas votre filleule ! C'était ma bonne nièce dans son vivant.

— C'est une personne de moins. On en accusera les casseroles qui viennent d'être étamées ou la mauvaise qualité des eaux du château de Soye. Monsieur Dupuy de Lôme, vos soupçons ne me feront pas baisser le regard. Je ne changerai non plus de couleur, entendez-vous ?

La mère de l'enfant défunte se lève, à demi folle, et se met à chanter. La joie de l'Église la pénètre. Elle allume des bougies comme si c'étaient les grands cierges d'un autel. Fleur de tonnerre rappelle :

— J'avais prévenu qu'il fallait retourner à Lorient. La plus faible a déjà trépassé mais ensuite ce sera au tour des autres. Je ne serais pas trop surprise d'une fricassée prochaine. Le vide se fera à la gentilhommière tel qu'il s'est fait ailleurs. Le cimetière de Ploemeur sera trop petit.

La domestique pronostiqueuse se tient droite devant une armoire en châtaignier au décor chargé de végétaux et toutes les bouches autour d'elle se tiennent ouvertes comme pour boire la suite de ses paroles :

— Faites attention parce que sinon, moi je vous préviens, si nous restons ici vous allez tous y passer.

Stanislas-Charles abdique :

— On rentre.

— Ah, ben quand même ! soupire Fleur de tonnerre. Le mal qu'il faut se donner pour être écouté !

Port-Louis

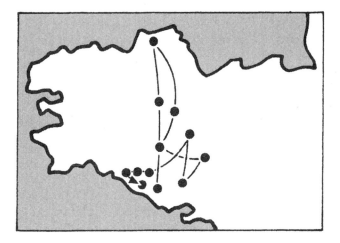

— À la sardine, la sardine ! Un maquereau aussi, des raies, un thon, ô cette belle poule de mer !

Au pied d'un rempart pavoisé d'oriflammes, une poissonnière remonte de la cale d'une embarcation, pieds nus et ruisselante d'eau de l'océan, en gueulant :

— Voici à Port-Louis du poisson !

Sur le quai, les pêcheurs en gilet de toile et longue

culotte à la matelote ramassent les sardines bondis-
santes, échappées des paniers déposés près des bittes.
D'anciens marins bavardent, figure tannée. Ils fument
la pipe, contemplant sans jamais se lasser les entrées
et les sorties des bateaux de pêche et des vaisseaux
de guerre dans la rade.

Passé la grande corderie du port, Fleur de tonnerre
prend un passage et débarque dans la citadelle au-
dessus de laquelle volent quantité d'oiseaux de mer.
Aux encoignures de la fortification, des femmes vendent encore des fleurs sauvages. Celles-ci, de fin de
saison, ont perdu leur éclat mais gardent un parfum
rare qui survit longtemps.

— Ce qu'il y a de plus rare après les vierges dans
cette ville, ce sont les étoiles en plein jour et les
roses en hiver...

Sous le porche d'une maison au pignon quadrillé à
la chaux mêlée de coquillages, porte basse et unique
fenêtre près d'une pancarte écaillée où est peinte une
femme-poisson, un homme engueule une pauvresse à
demi nue et délabrée :

— ... Alors je te remplacerai facilement ! Non
mais, regarde ce que tu es devenue. On dirait *Catel-
gollet* (Catherine la perdue) avec tes cheveux défaits,
tes seins jusqu'au milieu du ventre, ta figure d'épouvante. Tu ne fais plus un seul client et ne rapportes
pas ce que tu manges. Ta cuisine est dégueulasse.
Quand tu as deux sous, tu les bois !

Fleur de tonnerre observe celui qui braille. Il a une
tête spéciale et un très grand nez. Elle croit l'avoir
déjà vu.

— Qui donc est le maître ici, souillon ? lance-t-il
encore à la pauvresse. Quel est son nom ?

— Toi, François.

— François comment ?

— François Aupy.

— Qui donc est raisonnable et sait comment tu aurais dû te comporter chez moi ?

— Peut-être…

— Pas de peut-être ! Moi, François Aupy. Je suis le maître absolument à *La Sirène*, conclut-il en tapant une paume contre le mur de son misérable établissement.

La girouette du toit tombe. Une partie du porche s'effondre. L'homme est vêtu d'une soutane rafistolée par cent pièces de teintes différentes avec, aux poignets, des manchettes de dentelle. Il porte un chapeau en paille entouré d'un ruban de velours jaune alors que Fleur de tonnerre se rappelle :

— Ça y est, ça me revient ! Vous êtes le fils de Mme Aupy à Hennebont !…

— On se connaît ? demande l'homme en se tournant vers la belle femme qui porte un bissac sur l'épaule.

— Je vous ai vu, en dessin, chez votre pauvre maman pendant qu'elle mangeait sa dernière soupe de carottes. Vous n'êtes plus à Orléans ?

— Eh non, prêtre défroqué, me voilà tenancier de maison close. Ma mère est morte ?

— J'étais sa cuisinière. Je cherche du travail. On m'a indiqué qu'à Port-Louis, je n'aurais en quelque sorte qu'à me présenter à peu près n'importe où pour être agréée.

— Vous voudriez travailler chez moi ? Avez-vous bien compris qu'à *La Sirène*, vous n'auriez pas seulement à récurer les casseroles ?

151

— Que voulez-vous que je comprenne, mon cher monsieur ?

— Dans une taverne-bordel militaire se mijote aussi un peu l'amour. Y seriez-vous disposée ?

— Je ne suis pas ennemie d'un tout petit brin de fleurette.

— Vous n'avez aucun chéri au moins qui viendrait un jour me faire du scandale ici ?

— En amour, plus rien n'est accroché à mes rêves...

— François, intervient la drôlesse avariée restée à côté, si tu me remplaces et me chasses, je me noierai dans l'eau du port.

— Ça nourrira les crabes et les homards. Fous le camp, *Catel-gollet* !

La déloquée au corps ruiné s'en va, croisant des soldats lestes qui l'évitent. Que de militaires dans les ruelles de cette ville fortifiée ! Des uniformes garnis de boutons métalliques, des gros souliers noirs, des bottes vernies. À travers une multitude d'étals chargés d'épices, d'étoffes de la Compagnie des Indes, de tabac d'Amérique, de porcelaines chinoises, le passage d'une troupe...

— Je vous présente vos prochains amants, désigne d'un bras tendu François Aupy. L'ancien couvent leur sert de caserne quand ils reviennent de guerre ou des colonies. Il faut que vous sachiez qu'après trois mois de mer ils sont particulièrement ardents.

— Mes gâteaux aussi apaiseront le bétail militaire.

— Curieuse femme aux yeux verts, dents blanches, qui es-tu ? se met à la tutoyer le souteneur intrigué.

— Que voulez-vous que je vous raconte ? répond Fleur de tonnerre. Mon passé ? Cela vous ennuierait et pour cause. Mon présent ? À quoi bon puisque j'y suis. Mon avenir ? Laissons cela en paix. Mon existence est ni bonheurs ni malheurs. Faut en prendre l'habitude, c'est de la vie aussi bien. Pourquoi n'êtes-vous plus curé ?

— À Orléans, alors que je parlais de légendes bretonnes avec l'évêque, il m'a dit : « Vous qui avez cru ce que trop de gens ont coutume de croire en Bretagne, à savoir qu'il existe vraiment des créatures féminines qu'on appelle fées et dont on prétend qu'elles sont des créatures de chair, qu'elles se montrent quand elles veulent à leurs amants et prennent, dit-on, leur plaisir avec eux et toujours, quand elles le décident, disparaissent, dix jours de pénitence et à l'eau ! » Ça m'a fatigué alors je suis venu ouvrir *La Sirène* à Port-Louis. Donc tu veux t'engager ?

— Si vos conditions me plaisent.

— Dame, tu auras ta part de la pêche !

— Justement, comment répartissez-vous les lots ?

— En quatre. Le bateau en a un, dit-il, posant une paume sur le mur du lupanar. J'en ai deux en qualité de capitaine.

— C'est donc un quart du poisson qui me reviendrait.

— Tu saisis la combinaison. Si ça te va, tope.

— Ça me va.

Il lui tend les deux mains en disant pour toute réponse :

— Marché conclu.

Fleur de tonnerre franchit la porte. C'est pour elle un mouvement primitif. Quelque chose de fatal, aussi involontaire que le vertige qui tire vers l'abîme, lui fait considérer ce précipice avec curiosité :

— Moi qui vieillis, ici je serai belle encore.

Cuisinière d'abord, elle remarque du vert-de-gris dans les casseroles, la pleine marmitée d'un ragoût infect et moisi puis seulement ensuite le lit à baldaquin face à la fenêtre de cette caverne de l'Enfer. François Aupy part chercher un sergent dans la rue :

— Venez voir ma pensionnaire !

— L'affreuse *Catel-gollet* ? Oh, là, là... mais mes hommes n'en veulent plus depuis bon temps, ainsi que de ses ragoûts pourris.

— J'ai engagé une nouvelle fille. Bon, elle n'a pas seize ans non plus mais la beauté facile et c'est heureux. Venez.

Tiré par une manche à galons, le gradé se laisse entraîner à *La Sirène* où Fleur de tonnerre, penchée devant une table, ramasse à même la terre battue un soufflet et des bûches. Le curé défroqué soulève sans façon la robe de la femme de Plouhinec jusqu'au-dessus des reins. Elle ne porte pas de dessous. Le sergent de garnison reste bouche bée devant ce qu'il découvre.

À bientôt quarante-trois ans, Fleur de tonnerre a gardé un corps adolescent. Peu de taille mais les fesses écartées comme une invitation. Des cuisses minces fuselées jusqu'à l'arrière de petits genoux. Dessous, de jolis mollets à peine dessinés filent vers des chevilles fines. La barre verticale d'une touffe châtaine est surmontée d'un petit soleil noir.

— Alors, sergent ?... demande Aupy.

— Frappant, monsieur, frappant !... C'est à tirer dessus !

*

* *

Le bordel militaire s'emplit du tumulte des hommes où Fleur de tonnerre se laisse rouler de bras en bras comme dans une mer. Sa disponibilité qu'on pourrait juger mauvaise est accomplie avec une entière délibération.

— Mais que fais-tu en cet endroit de moi, beau guerrier ?

— Un doigt m'a guidé.

Race antique, de ses pupilles de pierre elle les regarde sans les voir. Au déclin de sa beauté, eux l'admirent avec leurs yeux ronds pareils à ceux des Huns. L'obligeante hôtesse offre à chacun de ces soldats sensuels et grossiers les jeux qu'ils aiment.

Dans son lupanar, avec des élégances de propriétaire, François Aupy fait sauter dans une paume les pièces de monnaie reçues près d'un médecin militaire attablé qui déguste le contenu d'un ravissant petit bol en porcelaine asiatique.

— C'est délicieux ! Qu'y a-t-il dedans ?

— Un velouté de carottes pour faire patienter les soldats.

— Mais la pointe acidulée qu'on sent ?...

— La cuisinière y a pressé un jus d'orange qu'elle mêle de curry acheté dans la ruelle du Comptoir des Indes.

— C'est... un régal.

Alors que le médecin se bourre maintenant une pipe de haschich qu'il allume, le souteneur vante son personnel :

— Oui, Hélène n'est pas douée que sous un ciel de lit. Quelle chance pour les affaires de l'avoir, ici, depuis un an. Et encore, vous n'avez pas goûté son fameux gâteau à l'angélique confite et raisins secs qu'elle a spécialement élaboré pour ses prochains clients de l'après-midi. Mais de ce dessert, elle a décidé d'en servir seulement à ceux qui, dans ses bras, lui relateront des histoires.

— Quelles histoires ?…

— Raconte-moi, brigadier, les guerres… en goûtant une des parts de ma pâtisserie. Tu as tué ?

— Si j'ai tué, ma blonde ?…

Le brigadier entre dans son passé comme si un gouffre l'eût avalé :

— J'ai marqué mon passage en crevant tant de peaux. Là d'où je viens, tuer c'était mes affaires plutôt que celles des tic-tac de l'horloge. Écarte les jambes. J'ai combattu sans pitié ni remords. J'adore le carnage et aussi ce gâteau. Il y a du rhum dedans ?

— Oui. Si je me mets ainsi sur le dos pour te contempler, ça te va ? Réveille mieux tes souvenirs.

— J'aime le grain de ta peau. J'ai achevé des blessés, pillé des butins, répandu le fer et la flamme.

Mâchant, allongé sur un côté et glissé en Fleur de tonnerre aux genoux rabattus sur la poitrine, le brigadier lève alors une paume. Les lignes de sa main – de vie, de chance – sont comme autant de branches qui maintenant tourbillonnent dans l'air du bordel. Il l'ouvre toute grande puis soudain referme les doigts en rugissant comme avec un couteau à la main. Apparition brutale de problèmes digestifs, il a un brasier dans les yeux et au visage, des teintes déjà signalées ailleurs. Son poing crispé qui retombe lance des vagues de drap à la surface du lit. Un adjudant assis au bord du sommier constate :

— Il se l'est donné, le brigadier ! Ah, ce qu'il a

gueulé en jouissant ! Voyez comme dorénavant il en écrase. Viens là, beauté, c'est mon tour...

La pensionnaire de *La Sirène* serpente son joli dos de gamine vers lui en demandant :

— Tu n'as rien contre l'angélique dans les pâtisseries ? Tu reviens des colonies ?

— J'ai mené une des troupes d'assaut qui prirent Constantine.

En quelques mots, il croque un paysage des tropiques puis un peu du gâteau de Fleur de tonnerre avant de poursuivre :

— Dix mille pièces d'artillerie ont retenti sur la ville damnée sans lassitude et sans pardon jusqu'à ce qu'il n'en reste plus qu'un immense tas de poussière. Serre-toi, que je m'acoquine les entrailles au bas de ton échine.

Quand elle désire qu'il soit plus précis, ô ses beautés, ses postures amoureuses... alors il relate une fosse qui engloutit un front de bataille, une gueule de terre qui ingurgite en une seule fois des cavaliers et des fantassins, les canons, les clairons, les tambours, le vacarme de la mêlée autour des drapeaux, l'avalement soudain par la Mort d'une multitude en conflit dans les intestins de l'abîme. L'adjudant commence à avoir mal au ventre mais insiste après une nouvelle bouchée :

— Contre qui que ce soit que mon pays m'emploie, j'accepterai aveuglément cette gloire avec joie pour l'amour des médailles.

— Ah, parce que tu tues, on te donne des médailles à toi ? On ne te chasse pas en te criant : « Sale bête ! Foie blanc ! Vilain Breton ! Chien malade, va ton chemin ! *Ki klanv, ke gant da hent !* Ankou ! Ankou ! » Tu n'as jamais entendu ça ?

— Non mais j'ai vu des fleurs de feu éclatant des murs pulvérisés. J'ai senti le poudroiement d'or de leur pollen qui a ton parfum, ajoute-t-il en la reniflant entre les cuisses. Hausse-toi.

Couchée sur le ventre, Fleur de tonnerre a un petit cul de garçonnet mais dès qu'elle les soulève, ses fesses deviennent extrêmement femelles. L'adjudant voudrait lui raconter les guerres où les foules se vautrent, les mille péripéties de son aventureuse carrière, ses longues campagnes et les féeries des meurtres dans les nuits équatoriales, le bruit des poings cassant les dents. Il aimerait lui dire les rudes chevauchées africaines tout en la chevauchant, elle, mais… une étrange maladie lui corrode les boyaux et il s'affale sur le dos de Fleur de tonnerre comme un tapis bariolé trouvé dans un souk de Bab el-Oued. La femme de Plouhinec se dégage de ce fardeau et, tandis que sa jolie main caressante pardonne aussi à ces cheveux ras, elle cherche à savoir :

— Quel est le prochain ?

— Ce marin lourdaud qui vient vers toi en ôtant sa grande culotte de matelot, répond François Aupy. Il n'est certainement pas joli mais avec un corps bâti comme le sien il y a de la ressource.

— Eh ! Mais comme il est emmanché ! Mes doigts ne feraient pas le tour de son mât.

— À bord des vaisseaux, on l'appelle Sabre d'Attila.

— Hi, hi, quel amant bizarre. Il fera tout de même mon affaire. Ainsi donc, tu es marin, toi ? Raconte-moi le délabrement d'une flotte ruinée, dit-elle en passant une de ses fines cuisses de grenouille par-dessus le marin pour s'enfiler sur lui, couché à plat dos.

Ouh !... Régale-toi de ce triangle de pâtisserie que je t'offre là et relate les vaisseaux perdus, les noyés !

Épais cou rose entouré d'un lacet, riant avec des regards mauvais, le marin bouscule sous son ventre rond la pute comme une bête nue. En phrases lapidaires, il lui dit un naufrage, les culbutes du navire quelquefois couvert d'écume, enveloppé d'une vapeur humide, et Fleur de tonnerre est en nage. Poupée de chiffon secouée telle une serpillière trempée, elle se désintègre. Peu importe ce que ce rustre lui fait subir (et de quel air !), son corps ne lui appartient plus. Elle l'a laissé à Lorient chez un gentil veuf avec son cœur enveloppé dans du papier cadeau. Sueur coulant autour de son front le long de ses cheveux blonds, elle lève ses yeux dézingués vers une vitre ruisselante d'eau douce en suppliant :

— Matthieu...

L'autre Poséidon à la con a la nostalgie dont souffrent les équipages militaires. Description des canons de cuivre pointés à bâbord et à tribord, bourrés de poudre jusqu'à la gueule, lâchant leurs bordées. Lui-même en crache de sacrées dans Fleur de tonnerre qui se pulvérise. Il est infatigable, ardent comme un diable. Enroulé dans les draps ou debout contre un mur du lit, il la décolle de terre sans les mains. On dirait une cible. Elle-même qui démonterait cent Hercule, bas-ventre jamais las, tient son rôle mais lui conseille tout de même :

— Reprends du gâteau, une grosse part.

L'immonde marin y plante ses dents de goinfre et est terrassé, tombe sur les dos et jambes nues du sergent et de l'adjudant qui rebondissent. Il cesse de faire la noce. Quand Fleur de tonnerre, à quatre pattes, vient se pencher à son oreille pour chuchoter : « Près de chez moi, vers la ria d'Étel, lorsqu'un pêcheur est malade il attend le reflux pour mourir... », il la regarde avec l'extase rouge du premier chrétien sous le croc d'un fauve et s'immobilise.

— Cette petite, quelle santé..., apprécie le médecin militaire attablé, pris dans sa douce ivresse causée par le nuage d'émanations végétales qui l'enveloppe. Avec elle, c'est de la vie éternelle du plancher au plafond. Jamais son lit ne chôme. Tiens, la revoilà avec un dernier.

Celui-là est si jeune, bouclé, timide et frêle.

— Ça me reposera, soupire Fleur de tonnerre. Déjà dans l'armée et même au bordel, toi ?... Mais tu sembles n'avoir que quinze ans.

— Ma mère, devenue veuve et sans ressources, a dû me faire engager tôt dans la marine pour l'aider à subsister, madame.

Cette sorte de petit mousse fragile l'appelle madame et la vouvoie. Il n'ose se déshabiller devant elle de sa tenue de porte-enseigne :

— C'est Sabre d'Attila qui m'a obligé à venir. Il m'a ordonné : « Adrien, il est temps que tu apprennes à faire aux femmes ce que je te fais en pleine mer à fond de cale. Je passerai avant toi pour te montrer comment je démolis, déboîte, désosse aussi les femelles. »

— Qu'est-ce qui te ferait plaisir en plus de ma pâtisserie pleine de douceur comme aiment tant les enfants, Adrien ?

— J'aimerais... également goûter cela s'il vous plaît madame, répond-il en désignant la poitrine de la pute qui s'essuie du précédent client – l'autre démonte-pneu qui la fait aussi ruisseler de sueur entre les seins.

À genoux, ventre doux un peu mou, elle se penche, reins creusés, vers lui qui a la nuque posée sur un oreiller bleu de mer. La coiffure châtain clair du garçon y ressemble à la chevelure d'une île. Ses bouclettes dessinent des silhouettes de palmiers exotiques poussés sur un front de sable blanc.

— As-tu déjà vécu des guerres, Adrien ? Raconte en mâchant. Ce n'est pas grave si tu parles la bouche pleine.

Le porte-enseigne dilate ses pupilles au souvenir ahurissant des désastres auxquels il a assisté à son âge. Il lui dit, lèvres tremblantes entrouvertes et parsemées de miettes de gâteau, une série de carnages combinés avec tant d'audace, exécutés avec tant de sang-froid, envisagés avec aussi peu de remords.

Penchée, bras tendus posés sur les paumes de chaque côté des épaules de l'adolescent, Fleur de tonnerre fait voyager la pointe de ses seins, qui pendent dorénavant comme si elle avait allaité trois enfants, sur le visage, les yeux, au bord du nez, vers les oreilles, aux commissures de la bouche du môme. Ses mamelons sombres entourés d'une large aréole roulent, plissent, bandent lorsque, parsemant son écoute de « Ah bon ? » et de « Ah ben, dis-moi », elle se promène aussi parmi les tortures contées ainsi qu'en un jardin délicieux. Pour un peu, elle en jouirait. On saisit sur son visage une expression de plaisir intense chaque fois qu'Adrien décrit les dernières palpitations de victimes :

— Quand notre chef fut tué, il est venu tomber dans

les bras d'un marin et il nous regardait en souriant. J'étais là... J'ai vu cela, moi qui vous parle, madame.

Est-ce aussi la douce langue enroulante de ce presque enfant autour des mamelons durcis, ses dents qui les mordillent, Fleur de tonnerre jouit ! Elle lui plaît, le sent plus bas aussi, et ce qu'elle en est ravie !... mais c'est à croire que son gâteau tue car c'est la fin du jeune porte-enseigne. Mousse blanche coulant au menton, il devient silencieux et triste comme les tout-petits qui vont mourir.

— Quoi ?... Je n'ai pas encore dix-sept ans et vais cesser de vivre. Ma mère, tu n'as plus d'enfant, se désole-t-il avec du sang qui bout.

Ce sacrifié fait un dernier geste qui ne dit rien parmi la dentelle de l'oreiller. Fleur de tonnerre apaise ses sourcils crispés, lui ferme les yeux du souvenir.

— Tu ne verras pas d'autres horreurs, n'affronteras plus le vrai gouffre que peut être l'âme humaine.

Un nuage de fumée âcre tournoie au ras du plafond bas du bordel. En retrait, le médecin militaire, dans les vapes comme à Shanghai et assis près de la table, jambes croisées, constate en tirant une nouvelle bouffée de sa pipe de haschich :

— Et même ce petit pour finir... Voyez, Aupy, comme votre pensionnaire a su épuiser les quatre. Formant une étoile, ils dorment autour d'elle.

Le souteneur au front baissé et yeux rougis, se resservant une énième bolée de cidre coupée de beaucoup trop d'eau-de-vie, s'exalte :

— Hélène est exceptionnelle. Je ne sais pas ce que je deviendrais sans elle.

Il lève péniblement sa tête alourdie vers l'encore belle quadragénaire qu'il voit double puis nette.

Assise nue en tailleur comme au centre d'un troupeau de victimes offertes, elle leur trouve des senteurs presque innocentes, ramasse des médailles, galons aux épaulettes, mouchoirs militaires, dont elle forme une chaîne. Hips ! Le souteneur se lève sur ses jambes chancelantes.

— Allons, soldats, il faut maintenant se réveiller et retourner à la caserne. Hips !

Il s'approche du lit, bouscule le dos du brigadier, observe l'adjudant.

— Ah, mais ils sont tous morts !

— Ils sont morts ? !...

L'information dessaoule. Le médecin militaire vient palper des pouls, soulever des paupières, plaquer un miroir devant des bouches ouvertes, remarquer des taches bleu violacé aux peaux et diagnostiquer :

— Maladie tropicale ! J'ai connu un pareil incident à l'autre bout du monde où tout un régiment fut décimé en quelques heures par une contagion. Je ne sais plus si c'était la fièvre de Lhassa, la cécité des rivières, le kala-azar ou la maladie du sommeil. En tout cas, ces quatre malheureux ont dû rapporter une cochonnerie à bord des vaisseaux. Vite, je dois filer mettre la caserne en quarantaine dans les bâtiments de l'ancien couvent sinon c'est tout le monde à Port-Louis et même dans le Morbihan qui va y passer.

Après avoir plongé ses deux mains dans une bassine d'eau froide pour les plaquer ensuite sur sa figure afin de reprendre ses esprits, il sort en courant dans la ruelle alors que Fleur de tonnerre se lève et commence à s'habiller.

— Ben, qu'est-ce que tu fais, toi, Hélène ?

— Je pars, François. Je n'aurais plus de bonheur ici.

— Tu me vois dans les larmes à cause du drame déroulé chez moi et tu pars ?

— Mon ouvrage est fait. Je crains d'être accusée par la rumeur publique de ces cadavres. Partout où je vais, la mort me suit.

— Mais si tu m'abandonnes, Hélène, je vais peut-être me jeter dans l'eau du port ou en être malade.

— Prenez de ce breuvage que j'ai préparé. Il vous guérira certainement ou alors ce n'est pas de chance. Je peux arracher et garder une des manchettes en dentelle de votre soutane chamarrée ?

Dans la nuit qui tombe, honteuse d'exister, ombre ratatinée portant un bissac, peureuse, le dos bas, elle côtoie les murs et quitte la ville.

Plouhinec

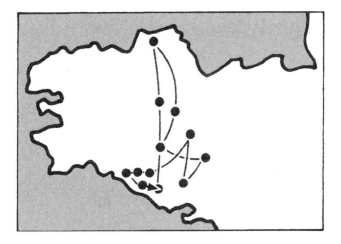

Fleur de tonnerre se fane… Au bord de la large ria d'Étel, elle est assise, côté Plouhinec, sur une berge de ce court fleuve côtier d'où elle regarde l'eau couler et en face la commune de Belz. À marée basse, la rivière dévoile l'étendue de son lit de vase. À marée haute, elle s'emplit d'eau de mer remontant depuis l'embouchure de l'océan. Rencontrant celle, douce, venant de la source du fleuve, l'eau devient saumâtre comme Fleur de tonnerre et imbuvable aussi.

— Mais alors, que tu auras mis du temps à revenir voir ton père, Hélène…

— Je ne suis pas très famille non plus, papa.

Jean Jégado, personnage maigre aux longs cheveux devenus blancs et figure ombragée d'un large feutre, est vêtu d'une souquenille de toile en loques, collée à sa peau, qui sent le pourri.

— Quand je t'ai vue arriver, j'ai pensé : « Qui c'est celle-là ? C'est une étrangère parmi toutes les étrangères. C'est une inconnue que personne n'attend. »

L'un près de l'autre, tout ce que se disent le père et sa fille l'est en *brezhoneg*. Lui, noble se croyant descendu d'Arthur ou de la fée Morgane, est adossé contre un tronc d'arbre où pousse du gui frôlant la façade d'un édifice religieux déserté. À coups du pommeau de son épée, il plante des clous rouillés dans des branches bourgeonnantes placées le long des montants cassés d'une échelle trouvée qu'il consolide.

— C'est curieux, Hélène, que tu m'aies rejoint près de l'ancienne chapelle pile un mardi où je décide de monter nettoyer au vinaigre le vitrail de nos armoiries familiales couvertes de mousse. J'ai l'impression d'avoir toujours promis qu'un de ces quatre je le ferais et puis, le matin même où je me décide, te voilà aussi. C'est amusant, hein ?

— Oui, ça peut faire rire. La vie est tordante. Tous ceux chez qui je vais finissent par s'en tenir le ventre à deux mains tellement c'est drôle.

— Tu as appris, comme pour ta pauvre mère, les drames qu'ont subis ta marraine, ton autre tante maternelle et même ta sœur ?

— À chaque fois, j'étais là. Elles n'ont pas souffert longtemps. Sais-tu, papa, où je pourrais retrouver Émilie Le Mauguen ? Tu te rappelles, cette petite bergère qui avait la face plate et des yeux globuleux. J'aimerais la revoir aussi pour finir quelque chose que je ne savais pas encore bien lui faire à huit ans...

— Celle à qui tu avais plongé des baies entières de belladone dans sa soupe ? Depuis longtemps, elle a quitté Plouhinec pour, je crois, devenir une vieille fille journalière à Guern. Y est-elle encore ? Je n'en sais rien...

— Bon, tant pis. Ce sera peut-être pour une autre fois si l'occasion se présente...

La marée monte. Des barques tenues en laisse, qui reposaient dans la vase, commencent à flotter et à remuer. Lorsque ce sera la pleine mer, elles pourront remonter la rivière. Le soleil fait flamboyer sur l'eau comme un incendie. Fleur de tonnerre, femme pâle, place, pour mieux voir, une main en visière au-dessus de ses yeux verts.

— Quelle longue passerelle, papa, ils ont construite par-dessus la ria d'Étel pour aller à Belz... Ont-ils emmuré un nourrisson vivant dans une de ses piles afin de conjurer le sort, puisqu'on prétend que le premier qui franchira un nouveau pont mourra dans l'année ?

— Non, nos traditions se perdent. Celui-là est neuf et à péage : cinq centimes pour un piéton, dix pour un cavalier, vingt pour une charrette. C'est le pont Lorois mais en face ils le nomment le *pont du bon Dieu* de crainte qu'un jour l'Ankou, venu de nos landes, le franchisse... Il était quand même temps qu'il y ait un passage. Ça a fait la ruine des mariniers sur leur barge maintenant désertée mais bon...

Plus de cent mètres de long et quatre de large, la fille de Jean Jégado contemple les arches maçonnées, le tablier du monument sur lequel elle voit s'engager, après le péage, une charrette déglinguée péniblement tractée par deux vieux quittant Plouhinec.

— Je suis rassuré d'avoir passé ce village car je n'en avais pas gardé un bon souvenir..., rumine le borgne.

L'autre chétif tordu lève les yeux cernés de sa tête à la mâchoire saccagée et s'interroge en découvrant ce qui déboule vers eux dans un nuage de poussière à l'autre bout de l'édifice :

— Mais qu'est-che que ch'est que cha ?...

Tirant les brancards de la fragile charrette vermoulue, chargée de balles, ils continuent d'aller leur chemin. En face, de lourds chevaux de trait, harnachés et lancés au galop, remorquent un char de carnaval à vive allure. Debout sur la large plate-forme du véhicule, ivre et riant les rênes à la main, un personnage déguisé en Mardi-Gras est entièrement vêtu de queues de morues. Il est poursuivi par les clameurs stridentes d'une meute d'épouses et d'enfants qui lancent sur le personnage des œufs, du sucre, de la farine, en hurlant :

— Mardi-Gras, t'en va pas, tu mangeras des crêpes ! Mardi-Gras, t'en va pas, tu mangeras du chocolat !

À ces cris se mêlent ceux de maris qui courent et gueulent :

— À mardi gras, qui n'a pas de bœuf tue son coq ! Qui n'a pas de coq tue sa femme !

168

En ce mardi 8 mars 1847, la procession, fêtant le dernier jour précédant le mercredi des Cendres, quitte Belz vers Plouhinec en poursuivant Mardi-Gras. Le martèlement des sabots des chevaux et des gens, le vacarme tressautant des roues cerclées de fer du char, font vibrer le tablier du pont neuf sur lequel sont déjà très engagés les deux perruquiers confiants quant à l'instant où les véhicules vont devoir se croiser.

— Ce char mesure à peine plus de deux mètres de large et notre charrette un peu moins. Normalement, ça devrait passer.

Ça ne passe pas. La charrette est expédiée par les airs tel un beignet de carnaval. Ses brancards ayant filé d'entre les paumes des Normands et rambarde franchie, elle tournoie avec ses arceaux rouillés au-dessus du paysage. Le petit perruquier, qui lors de l'accident s'est retrouvé avec le nez en compote, ressent aussi une faiblesse aux membres. Il a des mains de beurre quand il voit la charrette plonger dans la rivière où l'eau se dandine ensuite, emportant les balles de cheveux. Se déchirant et s'ouvrant, elles sourient terriblement... C'est presque toute une vie de cueillette capillaire qui s'échappe et se répand à la surface de l'eau saumâtre, poussée par les vagues de la marée. Le vent de l'océan sonne et le grand perruquier, bras levés, devient un arbre impossible dont la cime des deux branches envahit le ciel alors qu'il gueule à tue-tête :

— *Diskredapl ! Diskredapl !...* (Incroyable ! Incroyable !...)

— Tiens, ils parlent breton, maintenant ? s'étonne Fleur de tonnerre près de son père debout, soulevant son échelle de fortune pour l'appuyer contre un mur de l'ancien lieu saint.

Il ne reste, sur le tablier du pont, qu'une unique balle de cheveux retombée près d'une chaîne accrochée à la grosse lanterne en cuivre qui servait à éclairer les voyages nocturnes de la charrette. Alors que le cortège festif dans son nuage de poussière déboule déjà sur l'autre rive, semblant ne s'être aperçu de rien, les deux gardiens des péages de Plouhinec et de Belz accourent, désolés :

— C'est le premier accident survenu sur cet édifice !

— Il y en aura d'autres, promettent les Normands, si les Bretons bourrés continuent à rouler comme des cons !

En dédommagement, les employés des péages proposent leur chapeau rond dont les Normands se coiffent en continuant de râler :

— Et puis aussi le défoulement collectif des fêtes bretonnes, bon sang ! Par exemple, la ronde des feux de Saint-Lyphard avec son simulacre de sacrifice humain…

— … alors que Chaint-Mandez, allez comprendre pourquoi, che tient pour chatisfait de l'offrande d'un balai neuf ! Che pays est fou.

Après avoir accroché la chaîne de leur lanterne à la balle de cheveux restante qu'ils portent à deux, l'un devant et l'autre derrière, ils poursuivent à pied en direction de Belz et surtout de la côte.

— Pour che laver de la Bretagne, il faut bien l'ochéan.

— Cette grande cuvette n'est qu'à la mesure de cette grande saleté.

Les guides entourant leurs chapeaux ronds flottent le long des nuques normandes et Fleur de tonnerre se lève pour rejoindre son père près de la chapelle où se trouve adossée l'échelle rafistolée sous un haut vitrail.

— Tiens, papa, avant de grimper, regarde d'abord ce que j'ai dans le bissac que tu m'avais donné lorsque j'étais gamine. C'est pour ta pipe un peu de tabac trouvé à Port-Louis d'où j'arrive, le dos rompu. Il provient de colonies. Je ne sais plus lesquelles.

— Merci, Hélène, répond Jean Jégado qui, après avoir empli le fourneau de sa vieille pipe en terre de Morlaix, aspire une première bouffée. C'est du tabac, ça ?...

— Je crois. Un médecin militaire qui en fumait beaucoup l'a oublié sur une table.

— C'est un tabac qui saoule. Comment vas-tu, Hélène ?

— En général, je suis surtout exposée à me dégoûter de moi-même. Les cadavres marquent ma route. J'ai si peu de goût pour le monde vivant.

— Ma fille, ces dernières années, un curé d'Auray – je crois qu'il s'appelle l'abbé Olliveau –, des gendarmes du Morbihan, un joli veuf de Lorient, et même hier des soldats de Port-Louis, sont venus me demander si je savais où tu étais. À part le joli veuf, les autres t'ont évoquée comme une fille dont on dit pis que pendre.

— Ah, on n'a pas tort !... Certes, on pensera ce qu'on voudra de moi. Un joli veuf de Lorient, disais-tu aussi ?

— Hélène, enfant, as-tu fait mourir ta mère ? Je vais si mal depuis qu'elle n'est plus là. Serais-tu en réalité l'auteur de mes souffrances, la plus impitoyable des ennemis, pire encore que Marianne, l'hystérique égorgeuse des rois ?

— Toujours monarchiste, papa qui vit de charité ? Tiens, je t'ai rapporté aussi un reste de gâteau cuisiné la semaine dernière à Port-Louis. Tu le goûteras en haut de l'échelle devant le vitrail.

Jean Jégado, portant un seau d'eau vinaigrée où flotte une éponge végétale, grimpe les premières marches en se retenant aux montants et constatant :

— Tu n'as pas répondu à ma question, Hélène…

Épée de noblesse accrochée avec entêtement à la ceinture, il escalade l'échelle aux multiples branchages comme s'il remontait son arbre généalogique jusqu'aux armoiries familiales éteintes sous la mousse océane. Seau posé contre le mur où il se retient de la main tenant la part de gâteau, son éponge lave déjà le haut de la maîtresse vitre de l'église. Des dégoulinades émeraude et noires dévoilent peu à peu la silhouette d'un lion héraldique vermillon dressé sur ses pattes arrière tandis que Jean Jégado entend sa fille lui avouer :

— Papa, je suis lasse de vivre.

Souliers dans les pailles pourries par l'eau d'une rigole sale, elle dit sa crise morale, assise sur une des basses marches de l'échelle pour éviter que celle-ci ne glisse. Elle observe des paysans répandant sur une lande l'eau écoulée d'un fumier. Dos à son père tout là-haut, elle révèle :

— Papa, si ma pauvre maman m'appelait Fleur de tonnerre, en fait je suis devenue l'Ankou. Je peux bien te dire ça car tu ne le répéteras jamais.

— Comment sais-tu que je ne le dirai pas ?

— Goûte mon gâteau. Il n'est pas trop sec quoique datant de huit jours ?

— Si, bien sûr un peu, et très sucré, mais il est bon. Fleur de tonnerre, rechercheras-tu aussi finalement Émilie à Guern ? ajoute Jean Jégado, pipe aux tournoyantes volutes âcres entre les lèvres.

— Non. Après ce que tu m'as raconté : les gendarmes et tout ça... je vais quitter le secteur, franchir enfin la *stêr an Intel*.

Jean, en haut de l'échelle, se met à transpirer et est pris d'une soif inextinguible qu'il met sur le compte de l'étourdissant *tabac* fourni par sa fille. Yeux rougis pas seulement par les reflets du lion vermillon de la maîtresse vitre en partie lavée et frappée de soleil, une aigreur lui bout le ventre. Ses jambes flagellent. L'haschichin en haut de l'échelle – à ne pas confondre avec l'assassin en bas du dispositif – bascule vers le blason en verre qui soudain implose.

— Bon, nous y sommes, soupire Fleur de tonnerre sans se retourner alors que son père traverse le vitrail.

On dirait la même éclaboussure d'eau que la charrette des Normands plongeant dans la ria d'Étel. Les débris de verre s'envolent en formant des ronds. Jean Jégado pénètre l'église en sens inverse du commun des fidèles. Tête la première vers le dallage, il passe devant un Christ auquel il trouve un air roublard. Fleur de tonnerre, elle, après avoir laissé cinq centimes au péage du pont Lorois, s'expatrie vers Rennes en grommelant :

— Ah, là, là, encore un ! Et quand je pense que ce n'est pas le dernier !...

Vannes

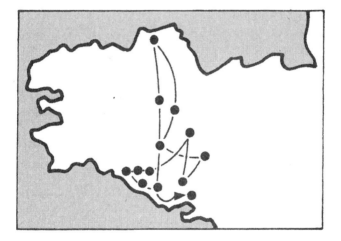

Sur une route qui mène à Vannes, le lendemain
– mercredi des Cendres –, on promène à travers un village une grosse femme de paille couverte de haillons
qu'on brûlera sur la place du marché. Côte à côte,
quatre ouvriers minces et un autre trapu au torse nu,
pareils aux cinq doigts d'une main gullivérienne, font
tourner ensemble la roue de fortune scellée à la façade

de l'église pour interroger le destin. Un prêtre sort de l'édifice religieux et s'indigne :

— Le clergé interdit maintenant la consultation des roues de fortune !

— *Kant brô, kant illiz, kant parrez, kant kiz...* (Cent pays, cent églises, cent paroisses, cent usages...) justifie la main constituée d'humains qui fait à nouveau pivoter la roue de fortune aux douze clochettes lançant toutes des sons différents près de deux commerçants qui parlent d'élections municipales à venir :

— Pour qui voteras-tu, toi ?

— Je l'ignore.

— Tu l'ignores ? Ça veut dire que tu voteras pour notre adversaire.

— Peut-être.

— Mais c'est un menteur, ce gars-là.

— Ah ?

— Est-ce qu'il ne t'a pas dit qu'il était breton ?

— Si fait.

— Eh bien, ce n'est pas vrai : il est de Lorient.

— Lorient n'est pas en Bretagne ?

— Oh... On ne peut pas discuter avec toi !

L'un des deux remarque Fleur de tonnerre en mantelet noir au capot baissé sur ses yeux et bissac sur l'épaule. À l'étal d'une herboriste, elle achète quelques plantes médicinales et observe des crêpes moisies exposées dont la vendeuse lui fait l'article :

— C'est un remède pour les blessures. Voyez, je racle la pellicule blanchâtre qui s'est élevée sur la crêpe pour la glisser dans ce petit pot. Ensuite, on applique l'onguent sur une plaie. Vous en prenez aussi ?

L'orpheline de Plouhinec paie maintenant un morceau

de congre sec qu'un poissonnier propose de débiter en trois tranches :

— Ce sera plus facile à mâcher.

La femme de paille est consumée. Fleur de tonnerre, parée d'une inquiétante innocence, quitte le village en prenant par la côte. Tout le feu n'est pas mort dans cet amas de cendres.

*
* *

Après avoir passé des plis de paysage houleux et tourmentés, au détour d'un sentier défoncé, la cuisinière en goguette découvre la dune littorale et les perruquiers au bord d'un terrain sur lequel on sèmera sans doute du seigle, de l'avoine, ou du sarrasin. Pour l'instant, le champ n'est encore que de terre nue. À genoux, les Normands en brisent des mottes du tranchant de la main et ils plantent là des cheveux bretons ôtés de la balle. Chaque long poil est d'abord plié en deux. Terre creusée par une phalange, la fibre capillaire est ainsi mise debout dans le trou. Des doigts pour resserrer la glaise autour de sa base et le long cheveu implanté balance, se couche et se redresse dans le vent. C'est beau. Le ciel aux fluidités d'aquarelle est traversé par l'appel aigu des mouettes. Un papillon, fleur sans tige, voltige. Au loin, un âne brait. La nature est prise aux filets de cette vie. La mer d'un bleu intense et le sable jaune bougent. Fleur de tonnerre admire l'ordre des choses et ce que font les Normands. Elle s'agenouille à côté d'eux, au bord du champ, puis, tirant des cheveux de la balle, les porte en terre aussi. Les perruquiers, silencieux, tournent vers elle des yeux lyriques. Fleur de tonnerre découvre au nez du chétif Normand la profonde plaie survenue lors de l'accident de la charrette sur le *pont du bon Dieu*. Elle ouvre une boîte et, d'un index, recueille la mousse blanche qu'elle applique sur la blessure du perruquier amoché qui demande confirmation :

— *Crampoës mouzee* ? (Moisissure de crêpe ?)

L'autre perruquier borgne propose à l'imprévue infirmière une bouteille d'eau-de-vie :

— *Gwin-ardant* ?

Elle boit longuement au goulot avant de tendre à chacun une des tranches de son morceau de congre sec :

— *Sili mor* ?

De gauche à droite, la Jégado, le petit puis le grand Normand, agenouillés en mâchant longuement le poisson asséché, plantent tout l'après-midi des cheveux sans plus se dire un mot. Devant eux, l'océan roule en un lit d'algues d'or. Des îlots reposent sur la mer comme des corbeilles de fleurs. Un trouble sacré fermente les cerveaux en mal d'infini des trois agriculteurs capillaires. Un sourire passe sur le monde et quelques gracieuses goélettes dansent à l'horizon. Le vent se lève. Il commence à remuer des odeurs de feuilles, de résines. Le soir venant, à l'heure de la première étoile et des labeurs finissants, des récifs innombrables se mettent à pointer dans les flots où trempe le disque rouge du soleil. Les perruquiers fatigués cessent alors leur journée et d'aligner des rangs de cheveux plantés. De retour au bord du chemin, ils se couchent à plat ventre dans la glèbe sans s'inquiéter de souiller leurs vêtements ruinés. Fleur de tonnerre qui les a rejoints fait pareil.

Menton posé sur les avant-bras croisés, ils contemplent leur œuvre. Devant le soleil couchant, le vent peigne, ébouriffe, démêle la chevelure du champ. Sur fond d'une haute barre d'écume scintillante, la prairie capillaire se retrouve la raie d'un côté puis de l'autre. Elle se coiffe, se décoiffe, au bruit des vagues. Fleur de tonnerre et les Normands gardent le silence. Devant ce spectacle hallucinant, les rêves qui les dominent doivent découler de naissances moroses. Des oies sauvages, cormorans, goélands, hérons, passent à tire-d'aile au-dessus d'eux pour filer vers les terres. Près d'un appentis couvert de chaume où l'on conserve la charrue et les instruments du labourage, la porte d'une maison se ferme comme à l'approche d'une tempête. Le postiche du champ est tout échevelé. Les deux perruquiers se sont mis à ronfler sur la balle de cheveux près de la chaîne de leur lanterne éteinte. L'horizon s'endort dans leurs bras repliés. Un soupir dégonfle la joue de Fleur de tonnerre. Voici le vol d'un papillon sphinx à tête de squelette...

*
* *

Fww !... Fww !
En poursuivant le long de la côte et de nuit, Fleur de tonnerre, retenant au bout d'un bras tendu l'extrémité de la chaîne accrochée à la lanterne volée aux perruquiers, fait tourner l'instrument d'éclairage au-dessus de sa tête.
Le gros luminaire vitré, tel un fanal de phare côtier, trace de grands cercles réguliers. À chaque tour, on entend passer le souffle de sa lumière éblouissante

– Fww !... – mêlé au grésillement de la pluie qui suit, métamorphosée en filets de vapeur blanche.

Fww !... Fww !... Les anneaux de fer rouillé de la chaîne, frottant les uns contre les autres, grincent ainsi que l'essieu criard d'une roue de charrette céleste : *Wik... Wik...* Hélène Jégado écoute bientôt, derrière elle, une sorte de vaste craquement de noix qu'on casse puis des hurlements d'équipage se noyant autour d'un écueil. Ça lui rappelle sa jeunesse. Elle ne se retourne pas, poursuit sa route inexorable comme pendue à un fil d'étoile. Alors que la rotation incessante des moires lumineuses pivote ses flux et reflux de lumière sur son visage, celle qui provoque des naufrages est frôlée par des ombres de morts en son désordre moral. Encerclée par l'encensoir qui fume en rond à travers la nuit, pâle et lèvres rentrées, de ses yeux durs agrandis elle jette un regard sur l'avenir et croit qu'il faut désespérer. De plusieurs fermes basses, à l'heure de la veillée où l'on disait des contes de revenants, sortent en courant des gens avec des paniers et des couteaux. Ils croisent Fleur de tonnerre pour se précipiter vers un bateau échoué.

*
* *

Le jour suivant en fin d'après-midi et toujours sous la pluie, dix-sept kilomètres avant Vannes, Fleur de tonnerre, qui a fait un détour par Auray, pousse la grille d'entrée du cimetière. Entre chienne et louve, des pots de géraniums en boutons, elle cherche la tombe de Mme Hétel dont elle n'a pas pu voir les derniers instants. Ostensiblement dessoudée par une traîtresse soupe, cette aïeule coiffée de petits miroirs, belle-mère du docteur Doré qui briguait la mairie, doit se trouver là, quelque part, mais comment savoir où lorsqu'on ne sait pas lire ?

— Pardon, monsieur, pourriez-vous m'indiquer l'emplacement du caveau familial du maire, le docteur...

— Doré ? Mais il n'a jamais été élu... à cause d'un malheureux dîner organisé chez lui il y a une dizaine d'années, je crois.

— Ah ? Et sinon, je cherche en fait la tombe de sa vieille belle-mère.

— Oh, mais débrouillez-vous à la fin ! se débarrasse cet homme riche vêtu de bleu et de lin fin sous un parapluie qui s'éloigne vers des chevaux ornés de violet tirant un corbillard.

Des femmes en deuil portent un capuchon à queue. Quelqu'un paraît, quelqu'un qui est tout en pleurs. Pensive, Fleur de tonnerre s'assied avec son bissac à l'écart sur un banc trempé. L'averse ruisselle des rigoles de boue le long de son mantelet, sa robe, qui furent tachés lorsqu'elle s'était couchée dans la glèbe près des deux Normands. Elle est pleine de terre comme une idole. Un homme lui demande :

— Puis-je vous aider ? Je vous ai entendue demander la sépulture d'une dame âgée. Quel est son nom ?

— Peu importe en fait. Elle a éteint ses miroirs voici beau temps.

— Avez-vous remarqué, madame, que maints cercueils de vieilles sont presque aussi petits que celui d'un enfant ? Je sais de quoi je parle. Avec mon épouse, nous sommes marbriers funéraires à Vannes où je vais d'ailleurs retourner maintenant si vous n'avez pas besoin de moi.

— Vannes, j'y vais aussi, espérant arriver avant la nuit, soupire Fleur de tonnerre en se levant du banc.

— À pied, madame ? Préféreriez-vous grimper dans ma charrette ? Sa bâche vous protégerait du mauvais temps. Vous allez attraper la mort sous cette pluie.

— Mais, toute boueuse, je souillerais votre banquette si…

— Bah, répond le marbrier funéraire, qu'est-ce que ça fait ? Vous n'aurez qu'à venir vous sécher, et changer, à la maison. Si nécessaire, ma femme vous fera bien hommage de quelques vêtements sans la facture. Tenez, c'est pour vous, ajoute-t-il en lui tendant trois roses arrachées à une couronne mortuaire.

La domestique itinérante en est émue :

— Depuis tant de printemps, jamais un bouquet offert n'a paré mon corset. Monsieur, vous êtes parfaitement aimable de m'accueillir en de tels termes. Si votre épouse le permet, puisque je suis cuisinière, je vous préparerai une soupe aux herbes. C'est ma spécialité, mon triomphe. Impossible de trouver un vivant qui en dise du mal.

— Alors avec plaisir ! En route. Quittons ce cimetière où l'avenir s'ennuie et le rassemblement autour de cet imbécile qui a dédaigné vous aider. Le bonheur tel que le conçoivent ce genre de mortels m'a toujours fait l'effet d'un vomitif.

Quittant de nuit un immeuble de Vannes à pans de bois, Fleur de tonnerre, vêtue d'autres habits que les siens, hâte le pas dans une rue creusée d'une rigole centrale. Bissac à l'épaule, elle entend soudain des hurlements derrière elle. Des gens lèvent la tête pour observer une fenêtre éclairée au-dessus d'un commerce de marbrerie funéraire. Ils y découvrent la silhouette cassée d'un homme qui se tient la gorge à deux mains et celle d'une femme se serrant le ventre en ombres chinoises sous le roulement des nuages.

Rennes

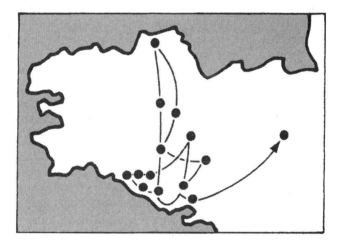

Chantons les amours de Jeanne
Chantons les amours de Jean !

29 décembre 1849, décès d'Albert Rabot. Il avait neuf ans.

Jean aimait Jeanne,
Jeanne aimait Jean.

14 avril 1850, décès de Joseph Ozanne. Il avait cinq ans.

Mais depuis que Jean est l'époux de Jeanne,
Jean n'aime plus Jeanne ni Jeanne Jean !...

C'est en fredonnant une chanson bretonne de son enfance que Fleur de tonnerre arrive le 5 mai 1850 en haut des Lices sur une petite place d'aspect moyenâgeux. Trempée par une averse qui semble vouloir durer toujours, ce qu'elle remarque d'abord ce sont les deux Normands, au centre du lieu, finissant de déchiqueter la toile moisie de leur dernière balle de cheveux. Les perruquiers plongent à plat ventre et roulent dans la pourriture des restes de la récolte capillaire celtique. Ils se lancent au visage des boules crasseuses de cheveux flasques comme si c'était de la neige sale. En sabots fissurés, ils dérapent dans la boue pour se jeter à nouveau parmi les longs poils morbihannais qui adhèrent à leurs bustes nus, bras, à leurs *bagou-braz* de sonneurs de biniou et à leurs chapeaux ronds retenus au crâne par des rubans noués sous le menton. Immense pilosité fantastique flottant sur tout leur être englué de terre de Bretagne, ils poussent des cris de fous ! La cuisinière de Plouhinec passe entre eux deux pour se diriger vers la façade d'un hôtel dans lequel elle demande :

— C'est ici le *Penn ar Bed* ?
— Le quoi ?

— Le Bout du Monde. Je veux aller au bout et espère maintenant la fin du monde.

La domestique descendante de Jehan Jégado, seigneur de Kerhollain qui sauva Quimper, est coiffée comme un tonnerre et sans doute un peu saoule. Le monsieur à qui elle s'adresse met l'allure ébouriffée de la visiteuse sur le compte des bourrasques mêlées à la pluie et répond à sa question :

— Effectivement, vous êtes ici à l'hôtel dit du Bout du Monde à cause du nom de cette place où, au Moyen Âge, se dressait le gibet de Rennes pour exécuter les criminels condamnés par la justice. Ils arrivaient là au bout de leur course destructrice.

— Ah ?...

Au fond de la salle du rez-de-chaussée de l'hôtel aux murs décorés de têtes d'animaux empaillés, une porte s'ouvre et l'on entend demander :

— Cette femme qui n'a pas l'air d'être une cliente, qu'est-elle venue nous dire, Louis ?

— Qu'elle ira jusqu'au bout, mère.

La voix qui s'approche est celle, très chevrotante, d'une vieillarde voûtée comme l'on n'en découvre qu'au théâtre. Une femme de chambre la soutient dans ses tremblements continuels et l'aide à s'installer sur un fauteuil :

— Voilà, madame Roussel...

— Merci, Perrotte. Tendez-moi aussi ma broderie au point d'ombre, je vous prie.

— Mère, à cause de ta maladie, l'aiguille va encore te blesser partout..., prévient Louis.

— Peut-être que ça ira, veut croire la parkinsonienne. J'aimerais tellement pouvoir redevenir immobile.

— Oubliez d'espérer, conseille la femme de chambre Perrotte.

— Qui sait ? contredit Fleur de tonnerre.

— Merci, sourit l'aïeule à l'inconnue.

La pluie ruisselle le long des fenêtres. Le ciel défaillant émet des clartés cireuses qui lui donnent un air de linceul. La si frêle Mme Roussel, broderie gesticulante aux mains, a un air affable sous sa coiffe *raie de Baud* avec bavolet qui tombe, parmi les secousses de son dos voûté, comme une queue de cabillaud. On dirait que le poisson frétille !

— Vous arrivez trempée, mais avez-vous faim ? demande la propriétaire de l'hôtel. Posez donc votre gros bissac au sol et, assise devant la table, dites-moi qui vous êtes en taillant dans cette miche à la croûte dorée.

Fleur de tonnerre saisit seulement entre deux doigts une boulette de mie qu'elle se met à malaxer :

— Pour moi, les choses de la terre existent peu et ma réalité n'est que dans un obstiné rêve d'enfant. J'ai appris que vous cherchiez une cuisinière, alors je propose mes services surtout à cause du nom de l'hôtel.

— Il est pourtant peu engageant, juge la propriétaire tremblante de l'établissement.

— Je vois un vide avenir devant moi et mon passé grandir, madame Roussel. En me gageant, vous goûterez comme tant d'autres les spécialités qui feront un jour ma renommée extraordinaire : soupe aux herbes à en tomber le front dans l'assiette, gâteau émerveillant à s'en attraper la gorge à deux mains, et...

Entendant cela, sur la lande aux légendes de Plouhinec, les fantômes des druides doivent bien rire dans leur barbe de lichens verts et mauves. Quand Fleur de tonnerre évoque sa cuisine on la croirait ivre d'avoir bu l'univers. Elle pétrit la boulette de mie de pain en forme d'un petit menhir qu'elle pose, droit, sur la table :

— Gagez-moi, madame Roussel. Même si c'est pour le salaire éblouissant de cinq centimes par jour, je ne voudrais pas vous louper.

— Alors c'est entendu, accepte la propriétaire intriguée, mais sachez qu'en ce qui me concerne, sans lamelles de pain à tremper dedans, je ne mange plus que des œufs coque et brise moi-même leur coquille simplement en approchant la lame du canif qui tremble et fend. On s'amuse comme on peut…, grimace la malade alors que Fleur de tonnerre tire sa chaise pour se lever soudain, très agacée.

— Ah non, pas d'œufs à la coque ! Des œufs à la coque que madame ouvrirait elle-même ! Hélène Jégado qui servirait des œufs à la coque… et sans même beurrer, d'une certaine préparation, les mouillettes en plus !

Elle se penche pour ramasser son bissac en regrettant :

— C'est dommage car j'avais un espoir concernant ce tremblement qui vous embarrasse.

— Contez-le-moi, Hélène.

— C'est que…

— Achevez, sambleu ! Vous me faites mourir avec vos tergiversations.

— Je m'étais dit que peut-être, grâce à un fin dosage dans ma pâtisserie… Mais si madame ne tolère que les œufs servis en leur coquille close, oublions cela et piquez-vous les doigts…

— J'abdique, Hélène têtue, alors reposez votre bagage pour filer me préparer un gâteau. La cuisine est à votre droite, maudite Bretonne.

— Vais-je y trouver des raisins secs, de la levure, et surtout du rhum ?

Devant le fourneau de l'hôtel du Bout du Monde et porte refermée derrière elle, Fleur de tonnerre avale une longue rasade de rhum au goulot. Un rire tient la bouteille à sa bouche :

— Qu'importe ce qui arrivera, ah, buvons donc tandis que les médecins ont le dos tourné.

*
* *

— Votre mère ne tremble plus.

— Ben non, docteur Aristide Revault-Crespin, puisqu'elle est paralysée, les mains bloquées entourant sa gorge.

— Comment est-ce arrivé, monsieur Louis Roussel ?

— Je n'en sais rien. Tout à l'heure, à la tombée de la nuit, je revenais de l'écurie de l'hôtel quand j'ai trouvé mère ainsi, tétanisée, dans son fauteuil. Notre femme de chambre, Perrotte Macé, était déjà partie courir vous chercher.

Le médecin, arrivé avec Perrotte, a une chemise blanche sans col, un gilet à boutons en bois et des doutes. Il reste perplexe devant la vieille statufiée :

— Je me demande ce qui pourrait la rétablir et avoue que le sentiment de mon impuissance m'écrase. On la croirait victime d'une substance nuisible mêlée à ses aliments. Si elle était décédée, j'aurais réclamé une autopsie. Maintenant, la puissance de la science interrogeant un cadavre devient grande.

— Mais elle ne va pas succomber... Oh, là, là, les médecins ! se débarrasse, d'une exclamation, Fleur de tonnerre, debout sur le seuil à la porte ouverte de l'hôtel très éclairé par de nombreux chandeliers.

Dos à la réception, elle semble contempler la place. Le docteur Revault-Crespin demande à Louis :

— Quelle est cette personne qui sait tout mieux que tout le monde ?

— Notre nouvelle cuisinière. Mère l'a engagée ce matin.

Le fils rafraîchit les lèvres écartées de sa génitrice tétraplégique à la langue verte, yeux dilatés comme excavés. Elle reste entièrement immobile, mains au cou, courbée sur son canevas, morne et muette. Depuis sa typique coiffe *raie de Baud*, le long du dos, traîne la dentelle en forme de queue de poisson qui paraît tout à fait mort. D'ailleurs des mendiants qui traversent la place du Bout du Monde se précipitent vers Fleur de tonnerre pour demander :

— On a vu le médecin se hâter pour venir ici près de la bonne criant des : « Madame Roussel ! Madame Roussel ! » L'hôtelière a-t-elle passé ? Si oui, il faut nous donner à manger. Quand quelqu'un décède, aux porte-loques affamés arrivant de nuit devant la maison du mort, on distribue de la nourriture. C'est la tradition !

— Chut, moins de bruit, mais bien sûr que je vais vous donner à manger. D'ailleurs je vous attendais, plat à la main avec ce grand gâteau à peine entamé. Il vaut mieux donner les restes aux pauvres plutôt que de perdre.

Elle distribue à chaque claque-dents une part pré-découpée en précisant :

— Tenez, prenez mais allez goûter ça plus loin. Je n'ai pas envie de passer mon temps à débarrasser le trottoir de vos dépouilles, moi !

Ne faisant aucune distinction, elle empoisonne comme par distraction ainsi que si elle lançait des graines aux pigeons. Pour hommes et femmes qui retournent vers le centre de la place, le trépas approche. Lumière de l'hôtel dans le dos, la gigantesque ombre herculéenne de Fleur de tonnerre couvre la place du Bout du Monde. Le docteur Revault-Crespin sort de l'immeuble à pans de bois en prescrivant à Louis Roussel qui l'accompagne : « Donnez-lui matin et soir une forte dose de magnésie. C'est un contrepoison. Je ne pense pas que ça suffira mais peut-être se remettra-t-elle à trembler », puis il s'étonne des crève-la-faim vomissant sur la place. Il y en a un qui implore, comme entouré de flammes, une goutte d'eau pour le rafraîchissement de sa langue. Au même instant, un autre finissant de mâcher, en un clin d'œil, paraît réduit en bouillie. Tous ont leur ombre sans amour qui se tord à terre. Comme un écho, au centre de la place entourée de hautes maisons, leurs râles se confondent en une profonde unité.

— Oh, diagnostique le médecin inquiet, voilà sans doute sur Rennes le retour de cet ignoble choléra qui n'a à nous offrir qu'une sale et puante mort. Il n'y aura plus de plaintes marmonnées aux coins de la place par ces grelotteux affamés. Ils vont devenir silencieux. Bonsoir, monsieur Roussel...

Fleur de tonnerre aspire avec tranquillité des bouffées sur la pipe de son père près de Louis qui lui demande :

— C'est du tabac que vous fumez, là ?... Perrotte prétend que ma mère s'est trouvée immobilisée sitôt après avoir dégusté de votre gâteau.

— Si elle a dit ça, c'est bien mal, répond calmement la cuisinière qui se retourne vers la femme de chambre restée dans la réception de l'hôtel.

Son regard glisse sur elle. C'est un regard de bête fauve, de chat-tigre, mais sa voix reste douce : « Attends, ma Perrotte, un de ces jours je ferai pour toi une soupe aux herbes. »

*
* *

Plouf !

Le 1er septembre 1850 (c'est écrit à la une du journal – *Le Conciliateur* – posé près d'elle qui est assise), le front de Perrotte Macé tombe dans une assiette creuse emplie de soupe aux herbes. Il heurte le rebord en porcelaine, alors la pièce de vaisselle bascule. Elle s'élève dans l'air de la cuisine de l'hôtel du Bout du Monde en versant son contenu vert sur la chevelure châtaine de la femme de chambre puis, retombant dans la nuque de la domestique étalée bras en croix sur la table, elle tournoie, rebondissant contre les vertèbres, en suivant la courbe du dos et choit sur le carrelage où elle explose en mille morceaux. On aurait dit un numéro de cirque. Fleur de tonnerre a failli applaudir.

Le docteur Revault-Crespin arrive dans les débris. Ses semelles crissent et il demande :

— Que s'est-il encore passé, monsieur Louis Roussel ?

— Je n'en sais rien. J'étais près du fauteuil de ma mère à me désespérer de la voir toujours aussi inerte lorsque la porte de la cuisine s'est ouverte et qu'Hélène m'a annoncé : « Perrotte Macé a claqué. »

Le médecin, hochant de la tête mécaniquement, tourne autour de la table de cuisine :

— Perrotte était en train de dîner ?

— Oui, d'une simple soupe je crois, docteur.

— Simple soupe... Où est le reste ?

— Je l'ai servi en des petits bols aux pauvres honteux de la ville qui ont accouru, répond Fleur de tonnerre. Ils devraient d'ailleurs me remercier de faire ce que je peux pour les aider.

— Et vous, monsieur Roussel, aucun symptôme ? Ça va ? interroge le thérapeute.

— Ça va, mais Hélène ne m'a pas donné de soupe. Elle m'a mijoté un ragoût de petits pois, fameux je dois dire.

Après avoir fait le tour complet de la table, Aristide Revault-Crespin glisse une main dans la boue verte de la chevelure de la femme de chambre puis il renifle longuement sa paume souillée.

— Hélène, y a-t-il, rangé dans un des placards de cette cuisine, de la mort-aux-rats qui aurait pu tomber accidentellement dans la nourriture ?

— De... ?

— De la mort-aux-rats, du poison, de l'arsenic quoi !

— Je ne connais pas la *reusenic'h* ! s'emporte brutalement Fleur de tonnerre.

— L'arsenic, corrige le médecin.

— Vous voyez, je ne sais même pas comment on le prononce ! Jamais personne ne pourra dire qu'il en a vu en ma possession !

Devant l'évier, le médecin fait couler l'eau d'un broc pour longuement se laver les mains au savon en disant à Louis Roussel :

— Une autopsie révélerait la vérité.

— Les parents de Perrotte refuseront, partageant pour l'ouverture d'un corps une répugnance commune à tous les paysans.

Revault-Crespin s'essuie les doigts à un torchon en émettant :

— Et si j'ordonnais une autopsie quand même ?...

Entendant cela, Fleur de tonnerre disparaît bientôt. Descendant par la rue des Innocents vers les rives de la Vilaine, elle râle :

— Je me suis trompée. Ce n'était pas là, le Bout du Monde.

*
* *

— Quoi ? Que me dis-tu, Rose Tessier ? Un ancien juge devenu professeur de droit à la faculté de Rennes, expert en affaires criminelles, qui cherche une cuisinière ?... Mais c'est chez lui que je veux être gagée, moi ! Un spécialiste en affaires criminelles... Bien sûr !

Il est difficile de percevoir dans l'énigmatique regard vert de Fleur de tonnerre la part de défi incroyable qui s'y trouve ou le désespérant désir de maintenant se jeter vraiment dans la gueule du loup. Assise à la terrasse d'un modeste estaminet où les domestiques du quartier aiment se retrouver tôt les dimanches matin – jour de congé –, telle l'aube aux yeux de serpent, Fleur de tonnerre se renseigne auprès de sa voisine de table :

— Et où habite-t-il, ton…

— Théophile Bidard de la Noë, dont on prétend qu'un jour il deviendra maire de Rennes, loge sur ce quai à proximité du pont Saint-Georges. Cela fait quatorze ans que je suis à son service d'abord comme journalière et depuis trois années en tant que femme de chambre.

Verre d'eau-de-vie à la main de si bonne heure, la cuisinière de Plouhinec contemple les eaux miroitantes du fleuve qui traverse Rennes. Les reflets de la Vilaine éclaboussent de lueurs vertes, mauves, rouges, le tissu des habits brumeux d'ouvriers commençant, même un dimanche, à décharger, sur le quai des poteries de Quimper, des ardoises de Redon. D'autres hommes s'accroupissent pour soulever des sacs de châtaignes qu'ils porteront à dos de mulets jusqu'à Brest. Leurs jambes en se redressant projettent sur les façades des hautes maisons de l'autre rive des ombres ressemblant à des barreaux. Fleur de tonnerre se lève :

— Bon, allons-y ! Conduis-moi, Rose. La vie s'éternise sous cet arbre vert qui, sans en avoir l'air, tient encore à son feuillage !

Son verre de gnôle lui glisse d'entre les doigts et, contre l'angle de la table, se brise dans un éclat de rire. Parmi les bouts de verre, Rose Tessier avale le reste de sa tasse de café. Elle porte autour du cou un collier en verroterie et, très maigre, sans âge, ressemble à une rosse dédaignée par l'équarrisseur. Une cheville bandée la fait boiter.

— C'est à cause d'une nouvelle chute arrivée début octobre. Je vais finir par me tuer en tombant.

La domestique de Plouhinec, à côté d'elle, ne marche pas trop droit non plus, ce qui inquiète Rose.

— Tu es certaine que ça va, Hélène ? Parce que monsieur Bidard est fort exigeant avec une cuisinière. Il en a déjà chassé trois depuis...

— Quand il connaîtra mes références...

— Hum ! Hum !...

Le professeur de droit à la faculté de Rennes se racle la gorge en relisant la seule lettre de recommandation dont dispose celle qui vient voir si elle pourrait convenir :

— *Hélène Jégado est une excellente cuisinière et je n'ai que le regret de ne pas pouvoir la garder jusqu'à ma mort...* Voilà ce que j'appelle une référence élogieuse ! Cette missive de l'abbé... Lorho n'est pas datée. Alors, depuis ?

— Rien. Je suis sagement restée quatorze ans dans son presbytère d'où je sors seulement.

— Ah, c'est bien ça. Comme Rose, quoi ! Je me méfie des cuisinières qui changent sans cesse de place. C'est qu'elles sont porteuses de problèmes.

— Comme vous avez raison, monsieur Bidard de la Noë.

Va donc, Fleur de tonnerre ! Sers la meilleure de tes ruses dans l'art joli de duper un ancien substitut du procureur de la République qui te croit sur parole.

— Hélène, je n'ai pas encore pris ma décision concernant votre embauche mais quant au salaire ce serait quarante écus payables par demi-année.

Entouré du tissu fleuri d'un fauteuil du siècle

précédent, le spécialiste en affaires criminelles scrute celle qui reste debout, collée droite contre le mur de son salon, et dont les yeux brillent comme des astres. Né en 1804, un an après Hélène Jégado, il la renifle aussi et décèle une haleine alcoolisée.

— Hum ! Hum !...

Il se lève sur des jambes arquées ressemblant aux pieds de son siège Louis XV pour aller chuchoter à l'oreille de la maigre Rose Tessier qui allume un feu dans la cheminée :

— Connaissez-vous bien cette personne ? Je lui trouve peu de franchise et est-ce qu'elle ne boit pas en plus ?

La femme de chambre fait pivoter en grimaçant sa cheville bandée.

— C'est parce que le dimanche matin, monsieur Théophile, les employés de maison se lâchent un peu aux tavernes. C'est normal.

— Hum ! Hum !... Nous sommes le 19 octobre. À la Toussaint, je la garderai si elle fait l'affaire.

— Conservez-la, professeur. Que dirait-on de vous si vous chassiez aussi cette cuisinière. Calculez que ce serait la quatrième depuis la Saint-Jean ! fait remarquer Rose.

*
* *

— Rose ! Rose ! Rose !...

Au milieu d'une nuit, dans le noir sur le palier du second étage de chez Bidard de la Noë, on perçoit une voix sépulcrale. C'est celle de Fleur de tonnerre qui travestit la sienne tout en grattant des ongles la porte de la chambre de sa collègue domestique qu'elle appelle en chuchotant :

— Rose... Rose... Rose...

Elle tente plusieurs fois de tourner le bouton en céramique mais la porte est fermée au verrou depuis l'intérieur où Rose Tessier terrorisée, assise dans son lit avec les draps tirés jusqu'aux épaules près d'une chandelle allumée, demande d'un timbre affolé :

— Qui est-ce ? !

— Mais c'est moi, Rose... Ignores-tu que c'est ainsi que fait l'Ankou ? Avant de charger le corps d'une victime dans sa charrette, il l'appelle toujours trois fois, alors pour toi je susurre : « Rose, Rose, Rose... »

— Allez-vous-en !

— Mais non, Rose, je ne peux pas. J'ai mission de t'emmener. Tu n'iras plus le dimanche en terrasse...

— C'est toi, Hélène ?

— Il n'y a pas d'Hélène. Il n'y a que l'Ankou. C'est arrivé il y a longtemps...

— Mais je ne t'ai rien fait, Hélène !

— Il n'est pas nécessaire de nuire à l'Ankou pour qu'il sévisse. Si tu l'oses, Rose, ouvre la porte. Sors de l'étang de tes draps, du marais de ta couverture en laine, de la boue de ta sueur où tu dois faire sans doute des bulles.

Fleur de tonnerre, nue sous un châle fermé par un bouton de fer, se penche pour vérifier par le trou de la serrure.

— Oh, mais que tu as grossi depuis la soupe aux herbes du déjeuner d'hier, Rose. Ça te va bien. Les jambes un peu enflées bien sûr et surtout la gorge ! Oh, dis donc, mais tu ne parviens plus à respirer. Tu voudrais crier, hein, mais ne le peux pas. Tu voudrais renverser des meubles pour alerter, or il n'y en a aucun dans ta chambre et de toute façon tu n'en aurais plus la force.

— Je suis malade…, se plaint, d'un filet de voix presque inaudible, la pauvre soubrette prise d'une affection nerveuse, dévorée par un feu ardent.

— Et ta blessure, où est-elle, Rose ? En fin d'après-midi, le docteur Pinault t'a prescrit des sangsues et des cataplasmes mais ton état empire. Ce médecin est un âne. Il n'y connaît rien. Il dit qu'il n'y a pas de danger. Eh bien, moi, je te trouve très mal et crois même que tu ne t'en remettras jamais.

Le trait de lumière, par le trou de la serrure, éclaire un œil vert en suspension sur le palier nocturne.

— Cette nuit du 7 novembre 1850 sera celle de ton avènement.

Celle qui a empoisonné prophétise en grattant ses ongles encore contre le bois de la porte :

— Rose ! Rose ! Rose !…

Marquée du signe d'une perversité peut-être native, Fleur de tonnerre insiste parodiquement en continuant de falsifier le son de sa voix tandis que Rose Tessier – dents s'entrechoquant de fièvre et verroteries cliquetantes du collier tremblant – peine à se lever sur sa cheville toujours bandée pour tenter de s'échapper par la fenêtre. Alors qu'elle s'accroche aux rideaux, la tringle métallique glisse, tombe, entraînant sur son passage un inutile crucifix en cuivre poussiéreux qui se décloue du mur pour chuter dans un brutal vacarme de ferraille mêlé à l'écroulement mat du corps mort de Rose Tessier dont le crâne heurte violemment le parquet.

— Hum ! Hum ! !

À l'étage du dessous, Théophile Bidard de la Noë quitte vite sa chambre en chemise de nuit pour demander :

— Que se passe-t-il, là-haut ? C'est vous, Rose ? Ça va ?

Il grimpe, jambes convexes, dans l'obscurité afin d'aller cogner contre la porte du gourbi de la femme de chambre :

— Rose !

D'un coup d'épaule, il force le verrou et la découvre gisante.

— Rose !

Il se porte les mains à la figure.

— Rose !

Il entre dans la chambre de sa cuisinière pour lui annoncer que : « Rose… » mais Fleur de tonnerre, au lit, fait semblant de dormir. Quand l'ancien substitut du procureur a doucement refermé la porte, du bout des ongles près d'une oreille, elle gratte la toile rêche de son traversin : « *Wik… Wik…* » Et elle entend le grincement d'essieu d'une charrette alourdie d'une autre dépouille qui s'éloigne.

*
* *

— Cher estimé confrère Baudoin, je vous ai demandé de venir chez M. Bidard de la Noë pour connaître votre opinion concernant sa femme de chambre dont le décès soudain me laisse dans l'expectative.

— Voyons ça, Pinault…

Le médecin âgé, appelé en soutien par son jeune collègue qui hésite à délivrer le permis d'inhumer, est coiffé d'un bonnet de toile grise collé au crâne d'où s'échappent vers la nuque d'assez longues boucles de cheveux blancs. D'épais favoris, neigeux également, entourent son visage sévère. Il avance à l'intérieur du salon vers la défunte couchée sur une porte recouverte d'un drap qui dissimule aussi les pieds de deux tréteaux.

— C'est la porte du salon s'ouvrant sur la cuisine qu'on a dégondée, justifie le professeur de droit. J'ai préféré que tout à l'heure sa famille découvre Rose ici plutôt que dans le galetas où elle est… hum ! Hum !

Jean-Marie Pinault, mince docteur de vingt-cinq ans imberbe, relate à son confrère aux favoris :

— Je suis venu l'ausculter hier après-midi parce que, sitôt après le déjeuner, elle a eu une apparition de problèmes digestifs. Je l'ai trouvée tordue de douleurs au ventre et prise de vomissements mais je ne me suis pas inquiété. J'ai d'abord conseillé une forte infusion d'ail, croyant en la présence probable de vers dans les intestins, puis j'ai prescrit de la soumettre à la morsure des sangsues et cinq centigrammes d'acétate de morphine. Je suis parti rassuré et puis voilà !… Je ne comprends pas ce qui lui est arrivé la nuit dernière. Aurais-je commis une erreur, docteur Baudoin ?

— Je ne crois pas, mon petit Pinault.

— Ce qui lui est arrivé !… s'exaspère Fleur de tonnerre, depuis sa cuisine à la porte ôtée, tout en cherchant dans des placards les ingrédients nécessaires à la préparation d'une sauce béchamel. Il lui est arrivé qu'elle est tombée. Il n'y a qu'à voir la bosse de son crâne. Et ça, dans son état d'hier… De toute façon, elle le répétait souvent : « Je vais finir par me tuer en tombant. » Eh bien voilà, c'est fait !

— C'est exact qu'elle chutait fréquemment et s'en inquiétait, confirme aux deux médecins l'expert en affaires criminelles. Le mois dernier encore, elle s'est abîmé cette cheville restée bandée.

— Cela n'explique ni l'enflure fantastique des jambes ni la gorge boursouflée, grommelle le vieux médecin soupçonneux. Il y a quand même un mystère.

— Où ai-je mis la noix de muscade, moi ? Ah, c'est sûr qu'il y a un mystère ! reprend la cuisinière de dos et s'emparant d'une sauteuse qu'elle fait chauffer à feu vif. Dans la nuit, j'ai cru entendre qu'on grattait à sa porte et appelait Rose d'une voix lugubre. J'ai pensé : « On dirait que l'Ankou vient la chercher avec sa karriguel », puis je me suis rendormie.

— Ce serait donc la faute de l'Ankou ?... s'étonne dans un sourire le jeune Pinault sceptique concernant ce diagnostic qui lui semble peu plausible.

— Ma cuisinière est plus bretonne que française, justifie le professeur de droit à l'université de Rennes. Les contes des campagnes de Basse-Bretagne troublent ses nuits.

— Moquez-vous autant que vous voulez ! gronde Fleur de tonnerre en faisant grésiller deux cuillères à soupe de beurre auquel elle ajoute presque la même quantité de farine. Je sais, moi, que la nuit dernière à minuit dans le cimetière des Caqueux, sur la lande de mon enfance, toutes les tombes ont dû s'ouvrir. Leur chapelle maudite s'est certainement illuminée et plus de cent squelettes sont venus à genoux, je pense, écouter la Mort prêcher sur l'autel.

Elle remue avec énergie les mots de son récit

délirant et aussi, avec une spatule en bois, le mélange de beurre et de farine dans la sauteuse tandis qu'au fond d'une casserole du lait monte. Fleur de tonnerre bout quand elle entend son employeur ordonner :

— Ça suffit, Hélène et fermez la porte de la cuisine ! Ah, zut, il n'y en a plus. Hum, hum ! On a assez entendu vos sottises concernant ces légendes de la mort.

— Sottises ? Mais, monsieur Théophile, je vis au milieu des ombres, des korrigans et des fées. Je les vois mieux que je ne vous vois... le jour, la nuit, dans mon sommeil, au coin des fossés, dans les airs et les nuages, et suis certaine d'être dans le vrai !

Sans arrêter de mélanger vigoureusement avec sa spatule afin d'éviter les grumeaux, elle arrive dans le salon où elle s'emporte.

— Sottises !... Ce sont les docteurs qui en disent, qui ne comprennent rien à rien, ne croient en rien ! Par exemple, moi, je sais que près de Plouhinec se trouve une fontaine sacrée où les nouvelles mères viennent s'abreuver pour augmenter leur lait. Un homme qui en a bu par dérision a vu ses seins gonfler. Il aurait pu servir de nourrice. Mais de ça, allez convaincre un médecin ! déborde-t-elle de colère en fusillant du regard le jeune Pinault qui n'a pas cru son histoire d'Ankou venu chercher Rose. Hou là, mon lait ! Oh, il n'en reste presque plus. Tant pis, j'ajouterai de l'eau.

— Hum, hum ! Je vous ai prévenu : c'est une Basse-Bretonne..., plaisante Bidard de la Noë entre les deux médecins, donc pas tout à fait une humaine. En tout cas, il va falloir que je trouve une autre femme de chambre car je ne saurais m'en passer.

— À la terrasse de l'estaminet du quai, je vous en

ai dégotté une qui semble parfaite ! s'exclame Fleur de tonnerre dans la cuisine où elle fait couler, sur son mélange de la sauteuse, le lait et l'eau en un filet régulier.

— Ah bon, déjà, Hélène ? Eh bien, vous n'aurez pas traîné, dites donc.

— Elle s'appelle Françoise Huriaux. Je vous la présenterai demain.

Liquide lacté entièrement versé, la cuisinière replace le tout sur feu doux et à nouveau touille sans cesse afin d'obtenir la consistance homogène qu'elle désire.

— Je dois attendre que la sauce nappe à la fois les deux faces de la spatule, se récite-t-elle. Côté Rose, poursuit la Morbihannaise, dos au salon et regardant fixement le mur situé devant elle, on aurait pu aussi imaginer un empoisonnement.

C'est elle qui dit ça ! Elle est quand même gonflée. La joie devant le danger. Le vieux docteur Baudoin abonde dans ce sens :

— J'y ai pensé également…

— Pour vérification, je vous aurais bien fait goûter de son dernier potage, reprend la domestique de Plouhinec, mais j'ai offert le surplus à des vagabonds aveugles qui feraient bien la charité de leurs inutiles yeux aux poissons de la Vilaine.

— Hum ! Hum ! ? manque de s'étouffer Bidard de la Noë. Au poison de la vilaine, dites-vous, Hélène ?

— Aux poissons !

— Ah, j'avais cru comprendre…

Le jeune docteur Pinault, rêverie avec un doigt contre la tempe, contemple un meuble ciré par la défunte où son cadavre se mire alors que Fleur de tonnerre prétend regretter :

— ... Cette pauvre Rose Tessier que j'appelais *Rouanen ar foin* (Reine des prés). Ah, je l'aimais pourtant comme j'ai aimé cette malheureuse morte au Bout du Monde où je n'ai pu rester. Perrotte y est brutalement tombée dans une assiette.

« Rupture du diaphragme », diagnostique avec automatisme Jean-Marie Pinault alors que la cuisinière poivre et sale sa sauce, « sans oublier quelques pincées de noix de muscade qui lui donneront son caractère indispensable. Bon, cette béchamel ressemble plutôt à un roux mais ce n'est pas grave. Vos docteurs resteront-ils à déjeuner, monsieur Théophile ? »

Les deux médecins se grattent la tête en pensant à autre chose pendant que le spécialiste en affaires criminelles tousse :

— Hum ! Hum !

— Vous vous raclez souvent la gorge, professeur, constate le vieux docteur Baudoin. Un début d'angine d'automne ?

— Non, c'est cette histoire qui...

*
* *

— Madame ? Madame !... Hum, hum !

— Oh, pardon. Veuillez faire excuses, monsieur Bidard de la Noë. Tout en tirant le cordon de votre cloche, je contemplais, là-bas sur le quai, deux vieux Bretons comme on n'en voit plus depuis longtemps ici. Ils demandent aux passants la charité d'une mèche de cheveux qu'ils se collent ensuite avec de la boue sur le corps...

— Seriez-vous venue, madame, me déranger pour relater des scènes de la vie pittoresque rennaise ?

— Je suis la mère de Françoise Huriaux que vous avez engagée comme bonne, le 1ᵉʳ décembre 1850.

— Ah ? Alors, entrez donc. Comment va ma jolie petite femme de chambre ?

— Mieux. Dans le service du docteur Baudoin à l'Hôtel-Dieu, finalement, après l'extrême-onction, Françoise se rétablit. Sortie du coma, cette prise pour morte revient à la vie.

— À perpétuité ? s'inquiète Fleur de tonnerre, assise sur une chaise du salon où elle coulisse le collier en verroterie de Rose Tessier dans la boutonnière d'un poignet de manche d'un corsage ayant appartenu à Perrotte Macé.

— Hum, hum, madame Huriaux, dites à votre fille qu'on attend son retour ici avec impatience.

— Oui, oui, confirme la cuisinière. Qu'elle revienne donc...

Dehors, à travers le feuillage d'un buisson qui renaît, des traits obliques de lumière printanière viennent, par la fenêtre, heurter les iris sensibles de Fleur de tonnerre qui s'en protège de l'ombre d'une paume. Elle se penche ensuite pour entasser le collier relié au chemisier dans son bissac boursouflé à en éclater les coutures qu'elle range dans un placard, puis tire le rideau devant les vitres exhibant cette perpétuelle renaissance végétale qui l'agace.

— Je préparerai pour Françoise un fameux petit gâteau d'accueil qui ne manquera pas de lui faire de l'effet.

— C'est gentil ça, Hélène, apprécie le professeur de droit.

— Monsieur Bidard de la Noë, se lance d'un air déterminé la mère de la soubrette hospitalisée, je viens vous annoncer en ce 18 mai 1851 que je veux que ma fille abandonne son emploi dans votre maison, qu'elle rende son tablier. C'est mieux que d'y rendre la vie.

Le futur maire de Rennes est estomaqué. De ses jambes arquées, il va s'en asseoir dans son fauteuil Louis XV et dès lors le siège semble avoir six pieds. Il tend un bras vers une chaise à la visiteuse :

— Alors là, comprenez ma surprise, madame Huriaux ! C'est votre décision inattendue, mais surtout est-ce celle de Françoise qui est majeure tout de même ?

— Allons, professeur, vous connaissez ma fille… Vous avez compris qu'à vingt-trois ans, elle est humilité, douceur, mais aussi céleste ignorance. Cette petite à la taille qui plie est destituée de sa part d'intelligence.

— C'est une conne…, semble grommeler, debout près de la porte regondée de la cuisine, Fleur de tonnerre en imprimant ses dents dans la peau d'un citron vert. Mais elle aura eu sacrément de la chance si elle ne revient jamais là, conclut-elle pendant que coule dans sa bouche un jus amer qu'elle déglutit.

Elle dépose l'agrume, blessé seulement, sur un guéridon :

— Ce n'est pas grave, professeur. Je vous ai déjà trouvé une autre soubrette qui se nomme Rosalie Sarrazin…

— De plus en plus prompte à être efficace, Hélène ! admire l'employeur. En un an, quatre cuisinières et deux femmes de chambre dont une morte, pas facile de trouver du petit personnel qui convienne. Heureusement que vous ça va. C'est déjà ça ! Madame Huriaux, vous m'avez parlé aussi de « rendre la vie ». Auprès de vous, Françoise me tient-elle pour responsable du délabrement brutal de sa santé, de ses étourdissements, de sa peine à grimper les escaliers, à même tenir une aiguille entre ses doigts ? Considère-t-elle que je la fais trop travailler ? Se plaint-elle de moi ?

— Non, pas de vous.

— Mais alors de qui ?

— Pourrais-je vous parler seule à seul, monsieur Bidard de la Noë ?

Fleur de tonnerre inspire longuement. Elle commence à la trouver un peu braillarde, la mère de la ressuscitée. Elle lui mijoterait bien un petit plat pour fermer sa gueule mais Bidard de la Noë ordonne :

— Allez dans la cuisine et fermez la porte, Hélène.

La domestique s'exécute. « *Quit, quit, quit !* » ajoute-t-elle en bas-breton qu'on pourrait traduire par « OK, OK, OK, je me casse ». Dans un des placards de la cuisine, elle s'empare d'une bouteille de gnôle cachée dont elle boit à plein goulot alors que, de l'autre côté de la porte, elle entend la mère chieuse cafter :

— Ces derniers temps, le dimanche, Françoise revenait à la maison de plus en plus mal. Elle buvait des litres d'eau. Mains et pieds enflés, elle titubait.

— C'est la cuisinière qui se torche à l'eau-de-vie et la bonne qui titube, se marre Fleur de tonnerre en essuyant ses lèvres d'un revers de main.

Ô, le long silence de l'ancien substitut du procureur dont la voix ne réplique rien sinon :

— Poursuivez, madame Huriaux…

— Souvent, son jour de congé, Françoise m'a

avoué : « Ah, les bouillons d'herbes d'Hélène, j'en ai assez ! Chère mère, je ne puis plus rien durer sur moi de ce qu'elle me sert aux repas. Quand c'est l'heure du déjeuner ou du dîner, plutôt que de me dire : "À table", elle me lance : "À l'abattoir !" Un jour où je me suis plainte de ce qu'elle m'avait encore mijoté, elle a rétorqué : "Si tu veux être nourrie comme monsieur, demande-lui de t'inviter dans sa salle à manger !" Lorsque je préfère jeûner, sur mes vêtements rangés dans mon galetas, elle verse de l'huile de vitriol qui les brûle. » Je crains qu'un jour, professeur, vous ne m'annonciez que ma fille a passé chez vous.

Fleur de tonnerre, bouteille toujours à la main et faisant les cent pas dans la cuisine, s'arrête devant le reflet déformant d'une casserole accrochée où elle se mire.

— Oh, là, là, la bouffie ! Ça ne s'arrange pas, moi qui suis née si mignonne. Ce que je deviens…

À quarante-huit ans, elle regrette :

— Il ne faudrait pas vieillir. Ils ont de la chance, ceux qui me rencontrent. Ils échappent à ce naufrage… sauf la petite salope bien sûr !

Elle avale une autre rasade au goulot puis s'amuse à imiter le tic de langage de son employeur :

— Ah, mais vous buvez, hum, hum, Hélène ? !…

— J'honore de loin l'eau pure et ses horreurs, monsieur le spécialiste en affaires criminelles. Sans doute qu'un jour je le paierai mais tout cela c'est du futur.

Grosse Fleur de tonnerre fait la tronche de devoir se résoudre à ce que sa collègue s'en soit allée autrement que les pieds devant. Alors qu'elle entend le professeur de droit demander : « Madame Huriaux, êtes-vous certaine de ce que vous me révélez ? », elle se promet : « Il faudra que je me ressaisisse avec Rosalie Sarrazin. »

— Rosalie ! Rosalie ! Rosalie !...

Sur le palier du premier étage, une porte s'entrouvre sans bruit et Bidard de la Noë, en robe de chambre, se glisse dans l'obscurité pour écouter des ongles qui grattent et ce qui se murmure au palier du second :

— Rosalie, je ne sais pas ce qu'il y a dans ce galetas : Rose y est morte, Françoise y a été bien malade et tu y mourras ! Je ne voudrais pas y coucher. Rosalie, c'est l'Ankou qui te parle en cette nuit du lundi 30 juin 1851. Rosalie...

Le spécialiste en affaires criminelles ôte lentement, des passants de sa robe de chambre, une ceinture en flanelle dont il enroule les deux extrémités autour de ses paumes comme prêt à bondir au-dessus, dans le noir, afin de ligoter sa cuisinière qu'il livrerait aux gendarmes mais il hésite : « C'est peut-être juste un jeu morbide de Basse-Bretonne... On ne peut pas agir ainsi sur simple soupçon. »

*
*   *

Mardi 1er juillet 1851 à dix heures, éclairé d'un rayon matinal encore brumeux, le jeune docteur Jean-Marie Pinault, parti passer commande au bar de l'estaminet du quai de la Vilaine, rejoint son collègue, le docteur Baudoin, parcourant la une du *Conciliateur* en terrasse :

— Heureusement que nous ne sommes pas

dimanche car, avec tous les domestiques se réunissant là, tôt, le jour du Seigneur, nous n'aurions trouvé aucune place sous l'arbre. Quoi dans le journal ? Les nouvelles sont bonnes ?

— Euh…, hésite Baudoin sous son bonnet de toile grise plaqué au crâne. Je lisais le discours que Louis-Napoléon Bonaparte vient de déclamer à Châtellerault : ... *Je me suis mis résolument à la tête des hommes d'ordre. Je marche en avant sans regarder derrière moi. Pour marcher dans des temps comme les nôtres, il faut en effet avoir un mobile et un but. Mon mobile, c'est l'amour du pays ; mon but, c'est d'y faire que la religion l'emporte sur les utopies républicaines, c'est que la bonne cause ne tremble plus devant l'erreur...* Ce genre de phrases ne promet rien de bon. Quelque chose se prépare… qui d'ici la fin de l'année fera grand bruit et occupera les esprits.

Alors qu'un serveur apporte à leur table deux tasses de café, Pinault réplique :

— Et que vous semble du nouveau drame qui vient de se jouer chez Bidard de la Noë ?

— Pour moi, soupire le chef de service de l'Hôtel-Dieu en se lissant un favori, le soupçon exprimé tout bas après le décès de Rose Tessier est devenu certitude. Et Rosalie Sarrazin a également péri cette nuit de par l'ingestion d'un toxique, donc un empoisonneur se cache dans cette maison. Les événements ont fait du chemin et je reviens définitivement à ma première idée non seulement pour Rose mais aussi pour Françoise Huriaux et bien sûr Rosalie Sarrazin. Les symptômes, leurs progrès subits, nos vains efforts pour les juguler, la nature même des souffrances auxquelles ont succombé ces deux malheureuses, tout démontre l'empoisonnement.

— Alors votre conclusion, confrère ?

— Après notre tasse de café, mon petit Pinault, nous n'aurons plus rien à faire en cette terrasse. Notre place sera dans le cabinet du procureur de la République pour alerter l'autorité judiciaire.

Dans un grand bureau aux murs, portes trop dégueulants de frises, de moulures dorées à la con, au-dessus d'une vaste cheminée en marbre noir datant de l'Empire de l'autre taré de Sainte-Hélène qui en a fait buter combien lui déjà ?..., les aiguilles de la pendule en bronze indiquent onze heures et c'est Baudoin qui se lance après avoir ôté le bonnet de dessus ses cheveux :

— Monsieur Malherbe, depuis longtemps je conservais pour moi non pas le remords mais le regret de la mort d'une domestique chez votre ancien substitut : Bidard de la Noë. Aujourd'hui, je viens de constater, avec mon jeune confrère Pinault, le décès d'une autre servante dans la même maison. Ces deux femmes furent empoisonnées. Nous en sommes convaincus, mon collègue et moi. On ne trouverait aucune trace de poison dans les entrailles des deux victimes que nous croirions encore à l'empoisonnement !

Alors que le procureur de la République reste silencieux dans un fauteuil face à son bureau et aux deux médecins assis côte à côte sur des chaises aux pieds torsadés, un autre personnage barbu déambule dans le cabinet et, passant devant une bibliothèque, se retourne :

— Chez Bidard de la Noë ? Un professeur de droit briguant la mairie de Rennes ne s'amuserait pas à commettre ce genre de délit. Qui d'autre habite chez lui ?

— Une cuisinière morbihannaise présente lors des trois… incidents.

— Car il y en a eu trois ?

— Oui, enfin presque…

Le procureur Malherbe s'exprime enfin :

— Monsieur le juge d'instruction, plutôt que de tourner en rond, vous savez maintenant où il vous faut aller !

À la suite des douze coups de midi qui ont sonné à Notre-Dame-de-Bonne-Nouvelle, un treizième son de cloche retentit parce que le juge d'instruction vient de tirer le cordon situé près de la porte d'entrée de chez le professeur de droit. Cette fois-ci, c'est Fleur de tonnerre qui vient ouvrir. Elle découvre sur le quai deux gendarmes en uniforme bleu et blanc – bicorne sur la tête, épée au côté – entourant le barbu qui se présente :

— Hippolyte Vannier, juge d'instruction…

Ce trapu contemple la domestique s'essuyant les mains à un tablier :

— Vous êtes la cuisinière ?

— Je suis innocente !

— Innocente de quoi ? Personne ne vous a accusée. M. Bidard de la Noë est là ?

— À midi, il vient de se mettre à table devant un ragoût de petits pois. Repassez tantôt avec un médecin car monsieur Théophile aura sans doute bien du mal.

Cette folle s'avance sur la marche en granit du seuil et tire un peu la porte derrière elle pour ajouter en catimini :

— Il va déjeuner. Il tombera malade et mourra peut-être. C'est fini. Il ne passera pas la semaine.

Tant mieux si on peut le tirer de là mais vous verrez que non et que cela prendra le même chemin que pour les trois autres. Ils ne sont pas tous morts mais tous ont été frappés. N'entendez-vous pas grincer un essieu de charrette ?...

Alors que la cuisinière poursuit : « J'attendrai pour chercher de nouveaux maîtres que monsieur soit inhumé. Tout cela entre nous, n'est-ce pas ? Que personne ne sache rien de notre conversation ! Vous me le promettez ? », on entend la voix du professeur de droit demander :

— Hum ! Hum ! À qui parlez-vous, Hélène ? Que se passe-t-il ?

— Rien, monsieur Théophile. Mangez vos petits pois. Ils sont bien bons, répond Fleur de tonnerre tandis que le juge d'instruction lui ordonne :

— Laissez-nous entrer.

Attablé et serviette suspendue au col, Bidard de la Noë porte une grande cuillère à sa bouche qui s'entrouvre quand Vannier s'écrie :

— Ne mangez pas de ce ragoût, Théophile ! Gendarmes, mettez le plat sous scellé.

Le professeur de droit repose sa cuillère :

— Hippolyte ? Mais que faites-vous ici, accompagné de la maréchaussée ?

— Monsieur l'ancien substitut, nous venons remplir une mission pénible concernant deux domestiques mortes chez vous. Pouvez-vous me recevoir un instant dans votre bureau ?

Ils en ressortent bientôt pour, en compagnie des gendarmes, fouiller la chambre de la cuisinière, découvrir dans un placard du salon, à l'intérieur de son bissac, des linges, objets divers, liés les uns aux autres en un long ruban à l'étonnement du juge d'instruction qui ordonne aussi de cacheter de cire rouge les matières vomitives trouvées dans le lit de Rosalie Sarrazin et une fiole de médicament qui lui était destinée. Fleur de tonnerre s'en agace :

— Mais moi aussi, mes bons messieurs, j'ai bu de ce sirop. J'en ai pris une cuillère ce matin parce que je me sentais mal au ventre et ça ne m'a pas empoisonnée !

Vannier remarque :

— Vous êtes bien pressée d'innocenter cette fiole alors que depuis que je suis là j'ai fait très attention de ne jamais parler de poison en votre présence ! Suivez-nous. J'ai un mandat d'arrêt contre vous.

Accompagné d'une cruauté de bête fauve dans ses yeux chavirant vers Bidard de la Noë, un regret éternel pourrit dans la bouche de Fleur de tonnerre :

— Ah, je l'aurai manqué de peu, l'expert en affaires criminelles !...

*
* *

— Bien dormi en prison, Hélène Jégado ?

— J'étais avec un enfant dont je venais d'accoucher et que j'étranglais et ses lèvres devenaient froides en rêve... J'étais toute nue, je n'avais plus de corps, j'étais trop pauvre.

Les sourcils du juge d'instruction barbu se lèvent haut et, verticalement, il hoche presque imperceptiblement mais longuement la tête comme si son cou était un calme ressort bougé par le vent d'une phrase reçue.

Dans le fauteuil d'un cabinet poussiéreux aux étagères murales encombrées de dossiers, il observe, de l'autre côté de son bureau, la présumée coupable assise entre deux gendarmes à moustaches dont l'un a les bras croisés sur sa bedaine. Une porte s'ouvre et, à pas furtifs de souris, un secrétaire aux manchettes de lustrine grise apporte une lettre – adressée par le juge d'instruction de Pontivy – à Hippolyte Vannier qui se met à la lire :

— 22 juillet 1851 / Cher confrère, / À la nouvelle, chantée dans les foires, qu'une domestique portant le prénom d'Hélène était poursuivie à Rennes pour crimes d'empoisonnement, la rumeur publique morbihannaise s'est vivement préoccupée de faits anciens qui dans le temps ont paru étranges, sans avoir jamais donné lieu à aucune information judiciaire et auxquels s'est trouvé mêlée une domestique portant aussi le prénom d'Hélène et servant alors dans ce département. On a remarqué que dans beaucoup de familles qui avaient pris cette fille à leurs gages une ou plusieurs personnes ont succombé de mort violente (abbé Le Drogo à Guern, le fils du maire de Pontivy, tant d'autres…, le 30 mai 1841 près de Lorient, une petite Marie Bréger âgée de deux ans et demi, etc.) et l'on s'est demandé s'il n'y avait pas d'identité entre elle et votre domestique inculpée. Ici, on ne se souvient plus du nom de famille de cette fille mais on se rappelle son lieu de naissance : Kerhordevin en Plouhinec. Il serait facile en présence de cette information de savoir s'il y a identité.

Vannier pose la lettre comme si de rien n'était :
— Où êtes-vous née, Hélène ?

— À Kerhordevin en Plouhinec.

Une grosse mouche d'été à reflets verts tournoie dans l'air, se pose au bout du nez d'un des deux gendarmes qui la chasse d'un souffle ascendant à relent d'ail. Elle va sur une main de l'autre cogne, sentant trop la sueur, qui s'en débarrasse d'un mouvement de doigt. Le vrombissement de son vol agace. Le juge d'instruction saisit au sol et installe sur ses cuisses le bissac aux deux sacoches ouvertes de la plus en plus présumée coupable. Il en tire un angle de tissu carré à rayures.

— Ce mouchoir appartenait à Rosalie Sarrazin ?

— Oui.

En diagonale, l'angle opposé du mouchoir est noué autour du fil d'un collier bon marché.

— Cette verroterie était à Françoise Huriaux ?

— Non, à Rose Tessier.

— Ah, ben oui, bien sûr puisque Françoise n'est pas...

Le collier passe par la boutonnière du poignet d'une manche de vêtement blanc qu'il étale.

— C'est un des corsages de Perrotte Macé ?

— Oui...

Le casse-burnes drosophile vrombissant atterrit sur la barbe, s'égare parmi les poils noirs d'Hippolyte Vannier qui l'en dégage d'un revers de main tout en cherchant à quoi se trouve noué le poignet de la seconde manche du corsage.

— Quel était le propriétaire de cette clé peut-être de cave ?

— Bon, ben ça va maintenant ! s'énerve Fleur de tonnerre en se levant pour partir. Et rendez ce bissac à souvenirs, que je m'en aille. C'est que j'ai à faire, moi. J'ai une mission. Qu'est-ce que vous croyez ? !...

Les deux gendarmes debout la rasseyent avec brutalité. La mouche bourdonnante passe devant la cuisinière qui lance loin, de ses poignets ligotés, ses paumes s'ouvrant puis se claquant sur l'insecte exterminé comme par la gueule d'un lézard. Les gendarmes surpris, en un réflexe, ont plongé la pogne au pommeau de leur épée qu'ils tirent du fourreau quand Hippolyte Vannier leur fait signe de se calmer. La domestique appuie des doigts sous son sein gauche en grimaçant.

— Vous êtes-vous fait mal à une main, Hélène ? s'inquiète le juge d'instruction.

— Non.

— Pourquoi je vois, là, des médailles épinglées dans des galons, mouchoirs militaires ?

— Qu'est-ce que j'en sais, moi ? J'ai dû les trouver, en tas, quelque part sur un port. Vous n'allez pas passer la journée à m'interroger sur je ne sais combien de babioles !

En faisant défiler les choses assemblées les unes aux autres, Vannier soupire :

— Il y en a soixante.

Sous son menton barbu, il étend verticalement une robe blanche perlée de petite fille au col en dentelle.

— C'est du combien, ça, comme taille ? Moi, je dirais du deux ans... deux ans et demi, l'âge de la petite Marie Bréger, décédée il y a un peu plus d'une décennie près de Lorient le 30 mai 1841, sans doute dernier crime couvert par la prescription.

Fleur de tonnerre trouve que le juge d'instruction, avec la robe de fillette remuant devant son buste, ressemble à un vilain nain velu déguisé, qu'on dirait un de ces gnomes rencontrés au clair de lune sur les landes, autour des pierres druidiques, qui veulent vous forcer à danser avec eux jusqu'à votre mort.

— Laissez-moi, Poulpiquet. Vous ne m'entraînerez pas dans votre danse.

Vannier cherche le début du ruban :

— Qui fut la propriétaire de cette bague ornée d'un écusson ? À qui appartenait ce lacet ?… Mais bon, pour ça, vous ne risquez rien puisque c'était il y a si longtemps.

*
* *

Face au palais de justice de Rennes, il y a une ambiance de halle – *koc'hu* en bas-breton –, quelle cohue ! Dans cette ville mal tenue malgré le riche commerce des habitants, c'est avec des semelles souillées par une gadoue de début décembre que la foule s'est agglutinée. Talons boueux également, ils voudraient tous assister au procès qui va se dérouler devant la cour d'assises d'Ille-et-Vilaine. Des bas de robes tournoient dans la vase quand un vendeur de journaux à la criée crie :

— L'affaire Jégado dans *Le Conciliateur* daté du samedi 6 décembre 1851, quinze centimes ! Quinze centimes seulement, *Le Conciliateur* !

— Comment ça : seulement ? D'habitude il est à cinq centimes.

— Ce sera son tarif pendant les neuf jours du procès. Depuis que la farce est jouée à la capitale – le coup d'État de Louis-Napoléon Bonaparte mardi dernier –, toute la presse nationale, quand elle n'est pas déjà censurée ou interdite, n'écrit que sur la dissolution de l'Assemblée nationale, l'arrestation des parlementaires dans leur lit, la prise du Palais-Bourbon, les barricades qui se dressent dans Paris face aux soldats. Seul *Le Conciliateur* donne la priorité à l'affaire de l'empoisonneuse bretonne, et relatera tout ce qui se dira à son procès comme si vous y étiez. Quinze centimes !

Malgré un prix multiplié par trois, le quotidien local se vend à foison ainsi que, sur feuille volante, le texte d'une chanson interprétée par deux vieillards tordus, couverts de boue et de longs cheveux collés.

Coiffé de son chapeau rond retenu par les guides noués sous le menton, le grand borgne joue d'un biniou sans doute trouvé récemment dans la fange d'une décharge. Bras gauche écrasant la poche en peau de vache gonflée d'air, ses doigts appuient sur n'importe quels trous du tube hautbois de toute façon cassé. Joues boursouflées à se les déchirer et lèvres trop crispées au porte-vent, il couine d'insupportables *si* pas bémol du tout. À l'embouchure de l'autre long tuyau posé sur l'épaule se forment puis éclatent des bulles de marne beige qui coulent dans le dos du sonneur telle une diarrhée de terre, c'est dégueulasse. Quant à l'autre petit tordu en *bragou-braz*, torse nu lui aussi malgré la saison, il distribue les feuilles volantes avec son bras remonté à l'envers derrière lui. De l'autre bras, il récupère les pièces de monnaie et, de sa gueule démolie, il hennit l'histoire de l'héroïne du jour. Tout cela est mal écrit, mal joué, chanté faux, mais ça se vend quand même. Après les cinquante-sept quatrains de l'interminable complainte, ils la recommencent :

Cheleuet-hui Coh a Youang
En histoer man d'oh e laran
Seanet diar Hélène Jégadeu
E buhé a zou lan a Grimeu !...

Ils ne s'expriment plus qu'en breton. Sous la voûte de la salle des pas perdus du palais de justice, noire de monde, des bigotes vendent, aux privilégiés qui pourront assister au procès, des sachets de poussière bénite qui seront à jeter vers Fleur de tonnerre – la mieux conditionnée pour le vacarme à Rennes et la plus capable d'exciter la curiosité celtique.

À l'intérieur de la deuxième chambre civile aux murs illustrés de motifs compliqués, bancs de bois verni où le public se glisse dans un brouhaha, il flotte des odeurs de glèbes différentes apportées aussi par des ourlets de pantalons venus d'Ille-et-Vilaine, de Côtes-du-Nord, du Morbihan, et même du Finistère. Ça sent aussi l'argile parce que, contre un mur, un jeune sculpteur à fine barbe clairsemée pose son tas de glaise souple et malléable sur le plateau tournant d'une selle de modeleur dont il règle la hauteur afin de pouvoir opérer debout. Près de lui et carnet de notes à la main, un reporter du *Conciliateur* demande à l'artiste :

— Ce sera destiné à qui, toi, ton travail ?

Le sculpteur s'apprête à répondre mais, soudain, les portes s'ouvrent sur l'arrivée du premier président entouré de ses deux assesseurs, le procureur général de la République se dirigeant vers le siège du ministère public et l'avocat allant au banc de la défense. Les membres du jury populaire intimidés – un cultivateur, un négociant, un marchand de drap, un tanneur, etc. – se serrent côte à côte de façon grégaire. Un bouquet de chardons bleus décore le bureau du premier président qui donne l'ordre d'introduire l'accusée.

C'est alors que bientôt, de gros en maigres, jeunes en vieux, bourgeois en journalières, un long frémissement traverse la salle. La voilà donc celle dont les gens ont peur, qui a empli d'une rumeur d'orage les chemins creux de Bretagne.

— Waouh !… s'exclame le sculpteur à la tête fleurie d'un bonnet aux rubans multicolores et qui alignait sur le plateau ses ustensiles. Quelle allure elle a !…

Fleur de tonnerre est renfrognée, front bas et dur, devenue laide comme une sorcière qui se serait échappée de la lande bretonne. Une partie de son visage est dissimulée par la grande capuche d'une cape qui enveloppe entièrement son corps pour le plus grand plaisir du sculpteur :

— Ça me fera moins de détails de vêtements à modeler…, apprécie-t-il en tassant, des paumes, le tas d'argile qu'il surmonte d'une boule pour faire la tête. Encore que de ça, je pourrais m'en passer aussi puisqu'ils vont la lui couper ! plaisante-t-il en donnant un coup de coude au chroniqueur judiciaire dont le crayon dérape sur le papier.

Le président de la Cour débute par l'évidente première question d'identité :

— Accusée, ne fûtes-vous point nommée par vos parents : Hélène Jéga… quand soudain l'avocat se lève :

— Président Boucly, la défense demande le renvoi ultérieur de l'affaire en une autre session !

— Ah, ben tiens, en voilà une idée et pourquoi donc, maître Magloire Dorange ?

— Ah, ben oui, quelle idée ! s'étonne en écho le sculpteur, tenant entre ses mains un fil d'acier – comme à couper le beurre – pour commencer de tailler dans la masse d'argile après avoir déjà façonné le banc de l'accusée posé sur un piédestal.

— Ah, ben non, regrette, à sa gauche, le reporter du *Conciliateur* qui s'imagine déjà devoir aller annoncer à son rédacteur en chef qu'il va falloir remettre le prix du quotidien à cinq centimes.

Le jeune avocat de vingt-quatre ans, longs cheveux de poète romantique frôlant ses épaules, justifie sa requête :

— Le premier de mes trois témoins : le docteur Baudin, qui devait évoquer les aléas en matière de recherche d'arsenic dans un corps exhumé, fut tué hier…

— Pas par moi ! s'écrie Fleur de tonnerre.

— … fusillé à Paris sur les barricades du faubourg Saint-Antoine par les soldats de Louis-Napoléon Bo…

— Ah, qu'est-ce que je disais ! On me met tout sur le dos alors que Léon Napo, lui…

— Mon deuxième témoin, le célèbre toxicologue Émile Raspail, fut ce matin jeté en prison…

— Tu vas voir que ça va aussi être de ma faute, ça !

— … à Bourges par la nouvelle Haute Cour du prince-président.

— C'est où, Bourges ? demande Hélène.

— Taisez-vous, accusée, ordonne le président, et posez votre air d'Apache.

— Le 2 décembre, on a assassiné la France…,

regrette, larmes aux yeux, le jeune défenseur républicain.

— La France ? Mais je ne sais même pas où ça se trouve. Est-ce en Bretagne ?

Le public se marre de cette saillie celtique en projetant vers l'accusée ses sachets ouverts emplis d'une poussière bénite qui s'envole.

— Enfin, tousse l'avocat accablé dans un nuage gris qu'il tente de chasser de la main, mon troisième témoin : le docteur Guépin, qui devait m'apporter le soutien de la science, est retenu à Nantes par sa fonction de conseiller général pour protester contre la violation de la Constitution survenue mardi à Paris...

— Quel coup du sort ! C'est vrai que ça démarre mal pour la défense et même la ruine, se doit de reconnaître le chroniqueur judiciaire.

Ce qui n'est pas l'avis du président qui, après en avoir touché deux mots à ses assesseurs, déclare à propos de la remise de l'affaire :

— Maître Magloire Dorange, certes la France entière est émue à l'heure qu'il est par le coup d'État mais la cause du pays est toujours debout. Il y a des intérêts communs à tous qu'il nous faut sauvegarder. La paix publique, la paix de nos cités, doit avant tout être assurée. Le pouvoir tutélaire de la société ne peut abandonner sa mission. La providence politique décidera du reste... Quant à vos savants, convoqués seulement pour donner des avis de chimistes, nous pensons que leur concours ne vous est pas indispensable. Le procès continue. La Cour rejette votre demande.

Percevant le désappointement de l'avocat novice qui déplore timidement en s'asseyant : « Pourtant on aurait pu prendre en compte qu'actuellement à

Paris où je suis né, des gens comme mon père, qui y fabrique des souliers, se battent pour la... », le très expérimenté procureur se lève et s'étire dans sa robe noire. Lui, ne paraît pas du tout accablé par l'arrivée de la dictature et, yeux à l'affût, il se met à vanner le doux Magloire Dorange d'un puissant timbre de comédien de théâtre :

— Cher nouveau confrère qui me semble trop vite déstabilisable et rendu muet pour sa fonction, vous êtes parisien ? Votre père est cordonnier ? Eh bien, mon ami, plutôt que d'user inutilement, face à moi, votre robe sur le banc de la défense, voulez-vous un bon conseil ? Retournez à Paris et imitez votre père sur les barricades : faites-y des souliers ! Ha ! Ha ! Ha !...

Certains hommes du public se gondolent. Le président de la Cour réagit :

— Allons, tout de même, procureur Guillou du Bodan ! Un peu de confraternité...

Le journaliste imagine à voix basse le titre de son premier article : *Le petit agneau avocat va se faire dévorer par le grand loup procureur*. L'ébauchoir du sculpteur évide les bords du tas d'argile pour dégager grossièrement la forme générale de son modèle assise là-bas, face à lui, alors qu'un huissier donne cérémonieuse lecture de l'acte d'accusation pour qu'on cerne un peu mieux l'affaire :

— Crime d'empoisonnement commis sur cinq personnes décédées à Rennes : Albert Rabot, Joseph Ozanne, Perrotte Macé, Rose Tessier, Rosalie Sarrazin, et trente-deux autres empoisonnements mortels dans le Morbihan...

— Sans compter ceux dont la trace a échappé à

la justice ! s'exclame le tonitruant Guillou du Bodan. Car, messieurs les jurés, ne doutez pas qu'elle y en a commis bien d'autres ! Il s'agit de la plus longue carrière féminine jamais connue dans l'histoire de l'assassinat ! Nous devrons alors passer sur toutes les fosses et interroger chaque cercueil que nous rencontrerons sur son chemin de la mort ! insiste-t-il selon la méthode des procureurs dont il est le jus de viande le plus concentré.

— Les affaires du Morbihan que nous connaissons sont couvertes par la prescription légale…, ose lui rappeler Magloire Dorange.

— On devra pourtant les évoquer, même si cela vous chagrine, mon petit ami !… et soumettre à un sévère examen le passé entier de votre cliente qui est la plus haute expression du crime jamais vue sur terre !… et voleuse aussi !

— Oh, vols d'une serviette de table, d'un cordon de soie, et de quelques mouchoirs…, relativise la défense.

À l'écoute de ce qu'on dit d'elle, plus verrouillée qu'une porte de couvent, Fleur de tonnerre baisse entièrement la capuche sur sa figure. Le président la lui fait rabattre dans le dos et sur les épaules par les deux gendarmes qui l'encadrent. Le sculpteur trouve que c'est une bonne idée, qu'il voit mieux ainsi les traits du visage :

— Il est drôle aussi son bonnet cloche qui lui fait des oreilles d'âne pendant sur les côtés.

Les spatules de modelage – cuillère ronde d'un côté, pointe aiguille de l'autre, mirettes à manche en buis – virevoltent entre les phalanges habiles de l'artiste creusant plus profondément dans la matière pendant que le président Boucly raconte les frasques de la chienne de vie de Fleur de tonnerre et que ses longs soupirs gondolants se mêlent à ses récits lents :

— Maux d'estomac, vomissements, douleurs aux bras, enflure du ventre et des pieds... exhumations qui révèlent partout la présence d'arsenic dans les cadavres... Épouvantable série de forfaits commis avec un sang-froid, une audace, une perversité qui effraient... Anna Éveno, Louis Toursaint, Julie Toursaint, Jeanne Toursaint, Catherine Hétel, Émile Jouanno...

— Ah, là, là, encore un ! Et quand je pense que ce n'est pas le dernier..., fatigue Fleur de tonnerre en sortant sa main droite par l'ouverture de sa cape pour la plaquer sous son sein gauche.

Le sculpteur apprécie ce mouvement en esthète. Il ajoute alors de la terre pour modeler la pogne aux doigts pliés redescendue devant le ventre. Boucly interrompt sa macabre énumération afin de chuchoter à ses deux conseillers :

— Morvonnais et Delfaut, je trouve qu'elle se touche souvent la poitrine en grimaçant. Qu'a-t-elle ?

— Vous ne l'avez pas lu dans le dossier, président ? Le juge d'instruction qui avait aussi remarqué ce geste l'a fait ausculter par un médecin. Elle souffre d'une soudaine tumeur squirreuse au sein gauche.

— Ah ? Donc elle va en...

Delfaut a un rictus fataliste :

— Elle ne mourra pas de ça, président. Vous le savez bien... Poursuivez donc la lecture de la liste.

— Jacques Kerallic, Denise Aupy..., nomme encore Boucly. Ne serait-ce que pour ceux que je viens de citer, qu'avez-vous à dire pour vous justifier, accusée ?

La mère tape-dur ne répond rien. Elle reste sombre et silencieuse avec son regard d'oiseau de nuit. Un gros rougeaud du public s'en agace et conseille à voix haute :

— Si elle persiste à faire la muette, tant pis, enfoncez-lui une échelle dans le ventre ; ça lui ouvrira peut-être la bouche du même coup !

Fleur de tonnerre lève les paupières vers celui qui a parlé. N'est-ce pas grand pitié de voir ce bon vivant ? Elle le couve avec des yeux ardents comme un animal surveille une proie. D'un sourire, elle lui lance son invitation au décès. Le sculpteur découvre entre les lèvres le bout des dents. Le journaliste griffonne la tension palpable. Le modeleur malaxe. Alors qu'il pétrit les contours du bonnet, un phrénologue témoigne à la barre pour décrire la forme de la tête de l'accusée :

— Observez donc ce front déprimé qui va s'élargissant de la base au sommet, ces tempes saillantes. Eh bien, je peux affirmer qu'à l'intérieur d'un tel crâne le vertex est coupé perpendiculairement ; que le sinciput et l'occiput doivent s'y croiser à angle droit.

— L'intérieur de son crâne, pour moi, c'est seulement de la terre bretonne, plaisante le modeleur tout en attaquant les traits du visage alors que le phrénologue, à la langue parfois abstruse, poursuit selon la pseudoscience très en vogue de l'époque :

— Les traits aussi de la figure d'Hélène, la forme du nez, des paupières, des lèvres, indiquent son organisation cérébrale insensible, qu'avec la même indifférence et sans regret elle détruirait tout : un bout de bois, un animal, un humain, que sais-je encore…

Jamais on ne remarquera sur le visage d'un être ainsi formé le moindre sentiment !

— Bon, quel est le témoin suivant ?... demande à ses assesseurs le président Boucly qui (sous l'aigreur d'un sourcil tordu signifiant « quoi ? ») a un œil terne et las. C'est que, des témoins morbihannais, on n'en a pas tellement puisque la plupart furent aussi des victimes. Donc, on en était au village d'Hennebont. Ensuite ce fut Lorient avec le décès plus que suspect de Mme Verron. Faites venir à la barre le veuf Matthieu Verron...

À l'écoute de ce nom – prénom surtout : Matthieu... –, Fleur de tonnerre ressent des fourmillements dans la tête. Son âme entre brutalement en contact avec le néant. Quand Matthieu – toujours aussi beau malgré le temps passé, chemise blanche sans col, gilet à boutons dorés – arrive devant les jurés, elle ne le regarde que furtivement, penche son front, et ses yeux s'emplissent alors d'un ciel de larmes. Son nez renifle. Ses lèvres tremblent (ce qui aurait tendance à prouver que de la phrénologie, on pourrait en redire...).

— C'est juste une crise de conjonctivite !... En décembre, c'est fréquent ! se défend le phrénologue retourné s'asseoir parmi un public surpris du choc émotionnel de l'accusée.

— Monsieur Verron, vous souvenez-vous d'Hélène ? demande le premier président.

— Je me rappelle d'elle ainsi qu'un nom taillé dans une écorce. Son souvenir n'a cessé de se creuser plus avant en moi.

— Forcément ! Après ce qu'elle vous a fait…, veut comprendre Guillou du Bodan.

— Oui, après ce qu'elle m'a fait, monsieur le procureur : elle a ouvert chez moi une serrure ainsi qu'une voleuse.

— Ah ! Qu'est-ce que je disais tout à l'heure à la défense ? ! se régale Guillou du Bodan. Que vous a-t-elle donc dérobé ?

— Quelque chose qui battait là pour elle, dans ma chemise.

— Poursuivez…, demande d'une voix douce l'avocat en se redressant.

Fleur de tonnerre se porte la main droite au cœur.

— Si c'était à recommencer, je voudrais retrouver Hélène. Elle avait chez moi des alternatives de joie rare et, sans cause apparente, de désespoirs prolongés. Passé le temps de mon veuvage, quand une fois j'ai évoqué un certain projet nous concernant tous deux, elle s'est esclaffée : « Ah, mais vous êtes fou ! Vous êtes fou ! » m'a-t-elle dit avec de petits rires sonores puis dès le lendemain matin elle m'a abandonné sans un mot en me laissant seul avec…

— … un sacré mal de ventre, des enflures aux membres, qu'on imagine mais dont vous aurez miraculeusement réchappé, compatit le président de la Cour.

— C'est elle qui a dû être malade jusqu'à supposer qu'elle allait en crever, la pauvre que j'aurais tant voulu bercer dans mes bras comme on réveille une petite fille prise dans un cauchemar.

La foule, le long des bancs, n'arrive pas à croire ce qu'elle entend : « L'empoisonneuse de l'épouse devint-elle la bonne amie du veuf ? !… » Des gens, qui ne peuvent admettre que l'amour agile est capable de se lever même sur un collier de misère tel que la vie de Fleur de tonnerre, s'indignent dans des cris, des jurons, et des grincements de dents : « Les morts sont là, sous terre, et voilà qu'on piétine leurs tombes ! » Le journaliste siffle entre ses dents : « Quel coup de théâtre et quel papier ça va me faire ! » Le sculpteur qui lissait avec une éponge, sous le bas de la cape, les larges plis d'une robe et des chaussures, retourne au visage pour tenter de représenter la détresse du regard perdu de la tueuse en série. Le procureur reste sans voix (ce qui n'est pas si fréquent). Le jeune avocat à la chevelure romantique considère qu'il est inutile d'en rajouter. Le journaliste est déjà dans la rédaction d'un article qui fera sensation. Le président de la Cour décide que :

— Bon, ça ira pour aujourd'hui. La séance est levée. En espérant que demain tout le monde aura retrouvé ses esprits...

La foule commence à se disperser. Les hommes sortent allumer une pipée. L'accusée – comme jambes en granit aux bas de sable – reste assise, immobile glorieuse et pour toujours telle sa représentation miniature, en argile rouge chargée d'oxyde de fer, sur le plateau du sculpteur. Celui-ci étend un linge humide destiné à envelopper son œuvre afin d'éviter qu'elle ne se dessèche et ne se fissure alors que le reporter du *Conciliateur* demande une nouvelle fois :

— Mais enfin, que vas-tu faire de cela ?

— J'ai les huit prochains jours du procès pour en mouler le plus possible de copies en plâtre que je vendrai devant le palais de justice après le verdict parmi les vendeurs de journaux à la criée, de poussière bénite, et les feuilles volantes des chanteurs.

— Artiste extravagant, crois-tu vraiment qu'il existe des humains qui désireront avoir une statue d'Hélène Jégado ?

*
* *

À travers la vitre d'une petite fenêtre close située derrière l'auditoire captivé, depuis la salle du tribunal, on entend, par intermittence, gueuler dehors :

— *Le Conciliateur* daté du samedi 13 décembre 1851 : avant-dernier jour du procès ! *Le Conciliateur !...*

— À mort, la dingue, la tarée !...

— Qu'on la guérisse sous la guillotine de la place du Champ-de-Mars !...

— *Cheleuet-hui a Youang !* La, la, la... La, la !...

— Inhumaine !...

Après une semaine d'audition d'experts et de témoins, du mutisme obstiné de Fleur de tonnerre qui ne veut rien dire, les cris de la foule, toujours agglutinée devant le palais de justice, emplissent les silences à théâtraux effets de manche du procureur général arrivant, vers dix-huit heures, au terme de son violent réquisitoire :

— ... En résumé et comme je viens de vous le démontrer, messieurs les jurés, dès ses plus jeunes années Hélène Jégado a préféré suivre le chemin du mal. Comme chacun de nous elle a fait son choix. Elle encourt donc la responsabilité de ses actes et vous la lui laisserez tout entière !

Il agite encore artistiquement sa robe dans de spectaculaires vagues noires puis tempête, tendant un bras tel un éclair vers Fleur de tonnerre :

— Dans la fournaise de sa cuisine excellemment mauvaise qui a grillé et bouilli pour quels goûts injurieux, Hélène fut de bonne heure méchante. Elle a marché toute sa vie au crime d'un pas résolu. Tout la désigne donc aux rigueurs foudroyantes de la justice ! Mais enfin, avant de m'asseoir, c'est à vous personnellement que je veux m'adresser, Hélène... On vous trouverait peut-être encore quelque chose si vous acceptiez de prononcer maintenant un repentir.

— Repentir ? Je ne connais pas ce mot, s'excuse Fleur de tonnerre.

— *Morc'hed*, lui traduit en bas-breton l'un des deux gendarmes qui l'entourent.

— Ah…, hoche-t-elle de la tête, puis restant muette.

— Hélène, vous vous taisez ? Vous nous refusez l'expression d'un regret ?… Je n'ai plus rien à dire.

Quel numéro de Guillou du Bodan ! Le public est conquis. La plaidoirie ne s'annonce pas aisée alors le jeune avocat ose prendre tout le monde à contre-pied quand c'est à son tour de se lever :

— Messieurs les jurés, bien loin de moi la volonté de contredire pas à pas chacune des accusations du procureur général que vous venez d'entendre. Non seulement je les accepte toutes mais pense qu'il en a oublié beaucoup et j'aurais applaudi s'il avait chargé d'encore davantage d'opprobres et de soupçons de crimes ma cliente scélérate qui est un monstre !

Ça, pour une entrée de plaidoirie c'est une entrée ! Stupéfaction parmi l'auditoire. Un homme interroge son voisin pour confirmation :

— Qui parle, là, l'avocat ?

— Oui.

— Eh bien, putain ! C'est vrai qu'on peut se demander si c'est son métier… La cuisinière n'est pas sauvée.

Guillou du Bodan, lui-même, n'en revient pas des premiers mots de Magloire Dorange qui insiste à l'intérieur du silence ahuri qu'il a fait régner dans la salle :

— Écoutez, messieurs les jurés !… Écoutez… Entendez-vous ce qui se crie dehors devant le palais de justice ?… Écoutez bien…

Chacun se met à tendre l'oreille et perçoit, par la petite fenêtre fermée, de lointaines clameurs telles que :

— Vieille salope bouseuse !...

— Grosse pute plouc !...

— Inhumaine !...

— Avez-vous entendu ? reprend l'avocat : « Inhumaine !... » Voilà ce que crie l'opinion publique ainsi que la défense devant vous en cette fin d'après-midi. Eh oui, ma cliente est inhumaine et ne pourra donc être condamnée comme le seraient des humains.

— Pas mal..., reconnaît en professionnel le procureur, découvrant l'angle d'attaque vicelard du jeune confrère inspiré sous sa coiffure romantique et qui poursuit en désignant à son tour l'accusée :

— Il y a ici un monstre, un phénomène pas moins exceptionnel que les cyclopes ou les créatures légendaires qui apparaissent sur terre, moitié hommes, moitiés tigres. Regardez-la ! Non mais voyez ma monstrueuse cliente !...

Magloire Dorange se métamorphose en montreur d'ours, de mouton à cinq pattes, à la foire. On s'attend à tout moment l'entendre battre le rappel en bonimentant : « Venez voir la femme à trois têtes, celle qui fait des bonds de cinq mètres, mais comme sa cage ne fait qu'un mètre elle vous fera cinq bonds consécutifs !... » Il épate l'auditoire quand il dégomme Fleur de tonnerre bien plus que ne l'a fait le procureur :

— Les empoisonnements d'Hélène sont sans raison, n'ont pas de mobile. Elle empoisonne des gens, c'est tout. Elle vous empoisonnerait à l'arsenic, monsieur le président, monsieur le procureur, et moi aussi elle me préparerait un petit gâteau même si je suis là pour la défendre. Elle tue qui elle croise. C'est un fléau. Elle n'est plus un être humain. Pour nous autres qui le sommes, elle est insaisissable, dépasse l'entendement. C'est un mystère comme certains phénomènes naturels. Messieurs les jurés, sauriez-vous juger le vent, la pluie, la neige, les marées, les fées et les korrigans des légendes ancestrales qu'on se répète sur les landes de Basse-Bretagne ? Pourriez-vous donner votre avis sur les galaxies ? Et de la nuit, du jour, des éclipses, que pensez-vous ? Doit-on les condamner ou les gracier ?

Le jeune avocat, en faisant de vastes gestes lents et pupilles dilatées, improvise sa plaidoirie dans un état de transe incroyable :

— Le nom de ma cliente est sur toutes les lèvres et personne n'a rien trouvé dans ses souvenirs qui put lui être comparé. On a prononcé le nom de la Brinvilliers mais pour ajouter aussitôt qu'Hélène Jégado dépassait de cent coudées l'empoisonneuse célèbre. Aussi n'ai-je pas eu de peine à comprendre que les spécialistes les plus sérieux venus à la barre, après avoir beaucoup médité sur l'affaire actuelle, aient abouti à cette conclusion : « Il y a là un problème, il y a là un mystère… »

Il poursuit comme sous hypnose :

— Qui, quel écrivain peut-être un jour, dira la relation mystérieuse responsable de ses crimes ? Qui saura démêler cette résultante logique qui a pesé sur la vie entière d'Hélène ? En ce qui me concerne, je demeure anéanti et renonce à balbutier une explication qui ne satisferait personne. Mais comment ne pas imaginer qu'il y a eu chez elle, très tôt, une profonde perturbation morale, un trouble du cerveau entraînant une irresponsabilité phénoménale !… et qu'elle a marché ensuite, seule dans la vie, comme avec une faux afin de devenir l'effroi du monde. Pour elle, notre échelle morale n'existe plus. Ma cliente, appartenir à l'humanité ?… Prenez garde, vous calomniez l'humanité !

Vu du dehors où la nuit prend l'air, la foule, restée devant le palais de justice, peut voir, par la petite fenêtre, que l'avocat agite ses bras comme un noyé dans la mer :

— Je pense qu'il y a des créatures pour lesquelles il existe, au-dessus de la justice humaine, une autre vérité. Les êtres ainsi conformés vont directement à leur but sans s'inquiéter des obstacles. Lorsque Hélène, responsable de crimes sans nombre, ne peut pas tuer les gens, elle s'en prend aux robes, aux livres, comme elle l'a fait au couvent du Père éternel d'Auray… et quand elle ne peut plus nuire aux humains ou aux choses, elle s'en prend à elle-même… car sachez, messieurs les jurés, que depuis son arrestation Hélène développe dans sa poitrine un mal effroyable qui ne pardonne pas. Elle en mourra car il faut qu'elle tue !

Fleur de tonnerre – insupportable à tout le monde – entend cela dans un état de langueur et d'indifférence. Sous les nuages de ses paupières, elle s'endort, une paume plaquée contre son cœur alors que le jeune avocat, en nage, s'emballe pour elle :

— Ah, que fais-je en ce moment ? Plutôt que de vous demander sa vie, ne devrais-je pas vous supplier de la prendre ? Pour Hélène, votre verdict impitoyable serait la délivrance de terribles souffrances physiques à venir. Mais non, messieurs les jurés, vous ne le ferez pas car vous n'êtes pas des assassins ! Hélène, elle, a patiemment, obstinément, incessamment, voué à la mort tous ceux qu'elle a approchés. Sa fantastique perversité est de la démence mais s'il est légitime de se protéger d'une folle, peut-on la punir ?...

Hochant la tête de droite à gauche, quelques jurés paraissent effectivement se demander si... alors Magloire Dorange enfonce définitivement le clou :

— Faites la différence entre le sort que vous réservez à Hélène et celui que vous infligeriez à un criminel doué de ses facultés. Et dès lors hésiterez-vous entre la porte d'un cachot qui se referme pour toujours sur un fléau et le bourreau qui tue en public pour enseigner au peuple qu'il ne faut pas tuer ?

L'argument fait son effet. L'avocat conclut par :

— Le procureur demande la repentance à Hélène. D'accord mais alors il faut lui laisser du temps pour cela. Le repentir ne naît pas vite dans son âme. Vous le savez bien. C'est donc au nom de la justice que je vous supplie de lui accorder le bénéfice des circonstances atténuantes. Grâce pour son âme !

Sept heures et demie du soir. Il est tard et tout le monde a faim. En cette journée encore où l'on n'a parlé que d'empoisonnements les ventres de l'auditoire gargouillent, pressés d'aller dîner, mais le représentant du ministère public – s'inquiétant de l'efficacité inattendue de la plaidoirie – obtient de la part du premier président le droit de répliquer à la défense. Guillou du Bodan se lève donc, toujours aussi hautain et donneur de leçons :

— Je ne puis laisser passer sans protestation les théories singulières et les assertions hasardeuses qui ont échappé à un jeune avocat dans l'entraînement de sa parole... Ainsi donc, la défense admet la certitude de tous les crimes alors que l'accusation n'a pas voulu dépasser le stade de la probabilité concernant certains d'entre eux. Et cependant Hélène Jégado ne serait pas coupable ? Pourquoi donc ?... La même défense a appelé à son aide la phrénologie, la physiologie, la psychopathologie, que sais-je encore ? On s'égare facilement, messieurs les jurés, dans le monde des idées. Rien n'est plus malaisé que d'y suivre le droit chemin. Mais heureusement, moi, j'ai un fil conducteur, un guide sûr, et ce guide c'est le Code pénal qui punit de mort les assassins !

Il exhibe son Dalloz face à la salle comme s'il était Moïse brandissant les Tables de la Loi puis se marre :

— Que reste-t-il, dès lors, comme argument à la défense, le nombre inouï des forfaits ? Ah, quel abri pour l'innocence ! Alors, parce que Hélène Jégado aura commis plus d'empoisonnements qu'aucune tueuse de droit commun connue sur terre à travers les âges, voilà donc qu'il faudrait lui pardonner ! Comme si, à force d'accumuler des crimes, on devait y gagner de demeurer impuni ! Peut-être que le but qu'elle a poursuivi manque à mes yeux de cette... *poésie* (? !), je ne sais pas laquelle d'ailleurs, que la défense semble renifler dans une telle accumulation de meurtres. Moi, j'affirme que, placée entre la vertu et le crime, Hélène a librement choisi le crime. Qu'elle subisse donc la responsabilité de son déplorable choix et basta !

Magloire Dorange, malgré l'état d'épuisement mental dû à sa plaidoirie exaltée, réclame quand même le droit de répliquer également : « Une phrase, une phrase seulement, monsieur le premier président !... » puis, sans même attendre l'autorisation, il déclare :

— Dans son dédain de la défense et caché derrière le Code pénal qui l'aveugle, le représentant de l'accusation refuse de voir que pour Hélène c'est comme si je ne sais quoi d'impitoyable lui avait donné une mission en ordonnant : « Tu iras plus loin, tu iras toujours plus loin !... »

Fin de la séance. Verdict, demain dimanche 14 décembre 1851 à partir de midi. Les gens quittent la salle en gueulant :

— À table !

— Sauf si c'est la Jégado qui fait la bouffe bien sûr...

*

* *

— Messieurs les jurés, en tant que président de la Cour, voici ma recommandation avant que vous alliez délibérer : surtout consultez-vous dans le calme et le recueillement de l'âme.

De l'extrémité d'un index, il tape devant lui sur son bureau afin de leur expliquer clairement :

— S'il ne vous fut pas prouvé qu'Hélène Jégado a commis les actes qu'on lui reproche, acquittez-la !

Il cogne à nouveau, un peu plus loin à sa droite, sur le bois du meuble :

— Si vous pensez que, sans être absolument dénuée de son libre arbitre, cette femme en fut cependant beaucoup moins bien dotée que la plupart des humains, accordez-lui le bénéfice des circonstances atténuantes...

Il frappe encore un peu plus loin et toujours dans le sens de la lecture :

— Mais si vous la jugez responsable, ne voyez en elle ni débilité d'esprit ou ignorance du sens moral, alors remplissez votre devoir de fermeté et, dans ce cas, souvenez-vous que pour qu'il y ait justice il ne suffit pas qu'il y ait peine prononcée ; il faut qu'en plus elle soit proportionnée au forfait !

Le jury se retire. Dehors, un éblouissant soleil de décembre brille. À 16 h 30, tout le monde revient vers les bancs. Le chef des jurés – Pierre Boudinot, marchand de vin à Rennes – prononce le verdict : « Peine capitale. » Le premier président Boucly demande à Fleur de tonnerre si elle a quelque chose à dire. Celle-ci répond :

— Ceux qui m'ont fait condamner, m'empêchant de poursuivre ma mission, s'en… *repentiront* dans l'au-delà où ils se retrouveront avec moi et ils verront alors… Et il verra, monsieur Bidard de la Noë !…

Cris d'indignation dans la salle. La sortie du palais de justice de la condamnée à mort est fort houleuse. Il faut beaucoup de gendarmes autour d'elle pour la protéger de la foule qui veut l'écharper :

— Laissez-la-nous ! Laissez-nous la salope, cette garce !

Sous son petit bonnet bordé de dentelle bretonne, Fleur de tonnerre s'enivre furtivement de la stridence du biniou cassé des deux Normands boueux. Elle devient une jolie cible pour les tireurs de Rennes qui lui jettent des sardines pourries, des saumures corrompues, afin qu'elle dégage une odeur infecte et devienne vraiment irrespirable. Des horreurs la concernant traversent les airs comme sous forme d'éclairs, de feux follets :

— Va au diable, il t'y donnera du service !

— Mauvais sujet, on ne te regrettera jamais !

— Verseuse de poison, les petites étoiles qui roulent dans le fond du ciel nous sont plus proches que toi, beaucoup plus proches !…

Offerte à tous, tandis qu'on lui fait traverser la place vers la prison qui est de l'autre côté, les cris s'enrouent autour d'elle. Le monde dit qu'elle est infâme, mais que lui fait. Elle reste calme à travers cette sorte de guerre civile. Ah, la haine universelle dont elle est l'objet ! Et le beau rêve de toute sa vie d'être devenue le crachoir des malédictions de l'univers. Ô, le mépris infiniment agréable, pour Fleur de tonnerre, des honnêtes gens constituant la multitude fiévreuse et folle d'une foule également ignoble ! Dès qu'ils la découvrent, des pèlerins ploient le genou en récitant un chapelet. Des bigotes convulsionnaires et aboyeuses cherchent à verser sur elle de pleins seaux hygiéniques de leur merde bénite. Il est clair qu'un vaste abîme vient de s'ouvrir. En gilet et surgilet, pareils à une nuée de corbeaux braillards, beaucoup d'hommes à chapeau rond foncent vers elle, riant avec des regards mauvais. Certains lui tirent la langue et d'autres se moquent de son corps, disant : « Laide » à celle qui autrefois, beauté parfaite de sirène, les aurait tous mis, vaincus, à ses pieds. L'un d'eux fait l'écœuré qui ne voudrait surtout pas d'elle :

— Pas d'amour maintenant, ma poule !

— Porte-couteau, souillure vaine, fruit de dégoût !

Elle est abandonnée du monde entier mais remarque dans la foule Matthieu Verron, immobile, qui la contemple, entouré d'agités gesticulants. Elle lit sur ses lèvres ce qu'il articule sans un son :

— Nous ne nous promènerons plus ensemble le dimanche…

Sa phrase d'auréole a un sens si parfait et au bout

des bras, le long du corps, les mains de Matthieu sont baignées de larmes. Il a des yeux d'amour trop fidèles. Fleur de tonnerre, en cet instant (c'est bête), se rappelle un baiser de Matthieu sur sa douce fleur de chair qui ne s'ouvrira plus à l'amour. Elle sait qu'il ne voudra pas assister à son exécution mais retournera dans sa petite maison blanche aux volets verts de Lorient et qu'il y finira, seul, ses jours en sarclant ses laitues et binant ses plates-bandes. C'est à mourir !

Tout le monde veut mieux voir, en vrai, la tête de Fleur de tonnerre. Des femmes tentent d'arracher sa coiffe morbihannaise. Le sculpteur du premier jour du procès propose, un bras tendu en l'air, d'admirer plutôt les copies en plâtre de sa statuette. Près de lui, le reporter du *Conciliateur* aimerait savoir :

— Tu en as vendu beaucoup ?

— Tu parles ! Une seule !...

*
* *

Après des murs de clôture surmontés de culs de bouteilles, des portails épais garnis de triples barres, une clé rouillée, qui pivote dans une serrure monstrueuse, ouvre la porte d'un tout petit endroit avec à l'intérieur une vieille fille comme hermétiquement boutonnée. Assise dans le noir au bord de sa paillasse, elle tourne la tête et cligne des paupières vers la bougie fumeuse que trimballe un surveillant dont le visage plat a l'aspect d'un fromage circulaire mobilisé par la vermine.

— Tiens, gardien-chef Michel...

Les ondulations de l'éclairage clair-obscur étirent,

tassent, l'ombre du nez camus du garde-chiourme (qui rappelle quelqu'un à Fleur de tonnerre) et celle de sa bouche sans lèvres qui s'ouvre comme un trou sans fond :

— À neuf heures trente du soir, je viens vous annoncer que, dans votre affaire, le prince-président Napoléon n'a pas cru pouvoir user de son droit de grâce.

— Qu'est-ce que cela signifie ?

— Mon Dieu, Hélène, cela signifie qu'il faut vous préparer à la mort. La sentence sera exécutée demain 26 février 1852 à l'aube.

La lueur de la chandelle de résine fait scintiller comme des verres de loupes les globes oculaires à ras de tête du gardien-chef qui ajoute :

— Sur la coursive, l'aumônier Tiercelin attend d'entrer pour vous entendre.

— M'entendre que dire ?...

— Quelque chose comme : « Sur le point de paraître devant Dieu, etc. » Enfin, une formalité quoi !

Fleur de tonnerre ne quitte plus des yeux la figure singulière de son geôlier :

— Gardien, soudain en contemplant votre visage, vous me faites penser à une ancienne petite bergère de Plouhinec qui s'appelle Émilie Le Mauguen. Cette gamine de mon âge m'a donné le poison que j'ai utilisé au début de ma carrière criminelle. C'est d'elle – et ce fut bien vilain de sa part – que j'ai reçu des leçons pour immoler les gens en sécurité. Je crois qu'elle est ensuite devenue journalière dans un des lieux-dits de Guern. Il faudra la rechercher et lui faire subir ce qu'on me fera demain matin. Vous promettez ?

Oh, quand même, Fleur de tonnerre…

Si l'empoisonneuse ne semble pas impatiente de confesser ses fautes à l'homme d'Église qui attend sur la coursive, elle s'empresse de balancer une innocente. Là, au moins, ça lui ressemble. Même après sa mort elle veut tuer encore et sourit là-dessous avec une douceur tout enfantine alors que l'aumônier, accompagné de deux religieuses, décide, de lui-même, d'entrer dans la cellule tandis que le garde-chiourme promet et propose :

— Émilie Le Mauguen à Guern, dites-vous ? Très bien, je le ferai savoir au procureur général. Sinon, Hélène, vous avez droit à un dernier repas. Que voulez-vous pour dîner ?

Fleur de tonnerre ne répond rien. Le geôlier s'en inquiète :

— Avez-vous peur que je vous empoisonne ?

Les deux sœurs de charité qui entourent le curé portent chacune un chandelier allumé. Avec celui de Michel, cela fait beaucoup de lueurs qui dansent maintenant sur les murs de l'étroite cellule. Elles rappellent à Fleur de tonnerre les veillées dans la ferme de Kerhordevin en Plouhinec où un feu d'ajoncs et de bouses flambait dans la cheminée pendant que les parents racontaient de trop féroces légendes bretonnes.

— Lorsqu'ils évoquaient devant moi l'Ankou, je me souviens de la terreur de mes parents : quand on entendait dehors un bruit répété trois fois, les longs cheveux de mon père devenaient raides et ma mère paniquait. Je voyais l'importance de l'Ankou dans la famille, me disais : « Je deviendrai importante. Je deviendrai ce qui les intéresse. » Du coup, j'ai tué mes parents, mes tantes maternelles, ma sœur.

Immobile, Fleur de tonnerre baisse les yeux vers ses genoux, ses pieds posés sur les tomettes. Elle ne pense plus, elle rêve :

— Je suis devenue l'Ankou pour surmonter mes angoisses. Et ensuite je n'en avais plus puisque l'angoisse ce fut moi. « Je ne subirai plus leur peur. C'est moi qui déciderai. » Les nuits, j'allais me charger de la force nécessaire en m'adossant contre un menhir de la lande des Caqueux. Je ressentais profondément en moi son irradiante énergie fantastique. J'en ai encore les vertèbres qui brûlent.

— Idolâtrie d'un mauvais penchant... et pierre levée qui aurait dû être cassée ou christianisée, regrette, d'un signe de croix dans l'air, l'aumônier. Et donc, en ce qui concerne votre expiation, il faudrait...

— Je ne disculpe ni n'accuse, j'explique ! le coupe Fleur de tonnerre alors que les reflets des flammes continuent de tournoyer sur les murs et les tomettes de la cellule de prison. Les peurs de mes parents m'ont tellement fait peur ! Ils m'ont donné leur peur et le sol a vacillé. J'ai eu trop peur lors des veillées. Ce sont mes peurs qui m'ont emmerdée. Quand les parents sont tétanisés par une peur, ils ne protègent pas. C'est vraiment impressionnable, les enfants, merde ! s'énerve-t-elle. En fait, quand les parents ont tellement peur, ils projettent leur peur sur les petits et il n'y a plus de protection, quoi ! Et alors après...

En robe de bure des prisonnières, elle poursuit :

— Moi, je pense que c'est très logique. Lorsqu'on s'est trouvée perdue dans les angoisses de ses parents, on veut les dominer, on est même prête à devenir la mort pour cela et on devient invincible. Donneuse de mort, c'est génial. Vous vous rendez compte du chemin pour vaincre ma peur ? C'est un chemin vertical. Je vais au-dessus. Je suis la mort. Je suis en haut du poteau. Je suis l'Ankou. Je domine et c'est extraordinaire. C'est un autre point de vue. Il n'y a pas d'affectif. Tu es en haut. Du haut du poteau, c'est moi qui vais faire peur. Je n'aurais plus peur. C'est moi la peur. C'est fantastique. Plus d'angoisses, c'est toi qui décides. Tu n'as plus d'attaches. Je ne voulais plus avoir d'attaches affectives alors je me suis dit : « Je vais cuisiner des soupes aux herbes et des petits gâteaux, moi. J'ai eu trop peur... »

— Mais pourquoi, Hélène, n'avez-vous pas raconté tout ça au tribunal ? déplore le geôlier Michel ému.

Fleur de tonnerre raye cette question d'un soupir mais lorsque l'abbé des prisons lui demande encore si elle est maintenant prête pour réclamer pardon à Dieu, elle répond enfin au gardien-chef :

— En fait, je mangerais bien un œuf dur.

Cellule à nouveau obscure parce que vidée des visiteurs dont l'aumônier qui masque de s'être fait envoyer à la balançoire d'un sec : « Ma foi, vous commencez à m'ennuyer », la pauvre et triste femme perdue à l'intérieur des délires d'un autre âge – égarée dans les légendes bretonnes et qui s'est confondue avec la terreur de son enfance – tombe au fond des ravins du sommeil près d'une coquille d'œuf brisée. Les oiseaux de nuit ont des chansons de secours. Le vent profond, venu du Morbihan, pleure entre les barreaux, on veut croire... et Fleur de tonnerre a bientôt envie de faire pipi au lit. Elle se l'interdit : « Non, non... Je ne peux pas », mais l'Ankou lui dit : « Vas-y... »

— Non, il faudrait que je me lève pour aller au seau…

— Reste là. Tu es bien. Vas-y.

— Non.

— Vas-y…

Fleur de tonnerre pisse au lit la veille de son exécution. C'est un premier signe humain (il était temps). Elle a retrouvé aussi cette crainte-là de petite fille et que c'était interdit par sa mère et qu'elle avait honte quand ça arrivait dans le lit-clos. Tout le reste de la nuit, se tournant et se retournant, elle plaque différentes parties de sa robe de bure sur la grande tache pour l'éponger. Son dernier challenge n'est pas d'échapper à la mort mais de sécher le pipi, le sécher !

*
* *

À l'aube, place du Champ-de-Mars entourée de châtaigniers et d'immeubles, des personnes endimanchées grouillent en foule comme des morts déroutés. Au centre de l'esplanade, devant la guillotine surélevée sur une estrade pour que même les gens éloignés puissent profiter du spectacle à venir, l'aumônier Tiercelin exige le silence d'un geste de la main puis déclare, feuille de papier entre les doigts :

— Hier soir, Hélène m'a réclamé dans sa cellule pour exprimer le regret du mal commis et avec le désir, à l'accent de la conviction la plus profonde, de mourir en odeur de sainteté. Devant aussi les sœurs de charité Thérèse et Clémentine, elle m'a supplié de rendre publique sa contrition qu'elle n'a pu signer puisque ne sachant pas écrire mais que je vais vous lire : *Moi, Hélène Jégado, sur le point de paraître devant le Tout-Puissant et voulant, autant qu'il est en moi, expier mes fautes, je demande au Ciel pardon et miséricorde. J'offre volontiers le sacrifice de ma vie au Père éternel. J'espère que Dieu me fera la grâce de mourir pénitente.*

Le soleil qui apparaît au-dessus des toits allonge l'ombre du nez de Tiercelin sur toute sa tenue d'ecclésiastique. En douce, derrière le préau de la prison, il est inutile de retenir de force Fleur de tonnerre sur son lit pour l'entraver. Messieurs de Rennes, de Vannes, et de Saint-Brieuc – les bourreaux – la réveillent en la ligotant sans qu'elle se débatte. L'exécuteur en chef, celui de Rennes, savoure :

— Ce n'est pas tout le monde qui se comporte ainsi.

L'un de ses assistants, le bourreau de Vannes, en ramenant trop brutalement dans le dos les bras de la condamnée, lui arrache un cri de bête sauvage dû à la douleur de son cancer au sein gauche.

— Oh, on ne prend point la mouche pour des vétilles…, minimise cet exécuteur pas au courant de la maladie.

— Surtout après trente-sept empoisonnements, confirme celui de Saint-Brieuc.

— Trente-sept…, lève les yeux au ciel Fleur de tonnerre. Oh, là, là, la justice n'a pas connu tous mes forfaits. J'ai porté le deuil et la désolation dans un beaucoup plus grand nombre de familles.

Après sa *dernière toilette* et la proposition d'un verre d'eau-de-vie qu'elle refuse, c'est, les cheveux coupés au niveau de la nuque et encore cassée d'un tourment à sa tumeur squirreuse qu'on l'aide à grimper dans la charrette (karriguel ?) qui démarre et dont l'essieu grince évidemment : *Wik ! Wik...*

Les gendarmes dégagent les abords des bois de justice quand le convoi s'en approche. La foule, à la curiosité pressante, est tenue à distance. Sur l'estrade, Fleur de tonnerre étonne lorsqu'elle demande un miroir à M. de Rennes.

— Ah, c'est bien le moment de se faire une beauté ! ricane le bourreau de Vannes.

— Quand même, les femmes..., soupire celui de Saint-Brieuc. Rectifier son maquillage juste avant que sa tête tombe dans une bassine...

— J'aimerais un miroir, calé verticalement par exemple sur une chaise devant la guillotine, explique Fleur de tonnerre. Lorsque la lame me tranchera le cou, je voudrais me voir, moi aussi, mourir.

— Ça ne va pas être possible, regrette l'exécuteur des hautes œuvres de Rennes.

À plat ventre et gorge posée sur une traverse demi-circulaire où se rabat un châssis demi-lune qui coince la nuque prisonnière, la suppliciée ne tient pas rigueur du refus de ce *Monsieur* en chef (collègue ?) pour qui elle a un accès de respect humain qui ne lui fut pas si fréquent. Mais bon, pas de chance, c'est son bourreau... soulevant le levier qui pousse un ressort libérant la lame du lourd tranchoir aiguisé. La justice humaine passe sur cette tête condamnée. Fleur de tonnerre est cueillie.

*
* *

La construction de l'école de médecine de Rennes qui doit ouvrir ses portes cette année n'étant pas encore terminée fin février 1852, c'est, en attendant, dans l'ossuaire de l'ancien cimetière de l'église Saint-Étienne que s'opèrent les dissections. Sur la sinistre façade ruinée de l'édifice, un bas-relief représente un être brandissant un crâne, un fémur, et la citation : *La mort, le jugement, l'enfer glacé, quand l'homme y songe il doit trembler. Fol est, si par mégarde son esprit ne voit qu'il faut mourir.* Cette poésie n'est pas très riche. Les statues qui chiffonnent le portail de l'ossuaire sont obscènes et bizarres.

Obscène et bizarre, Fleur de tonnerre l'est – nue à plat dos sur une table métallique, sans tête, jambes écartées et poitrine ouverte avec les côtes et la chair qui pendent sur les côtés. On dirait la catin offerte d'un cauchemar de bordel avec des hommes en blouse blanche qui tournent autour d'elle.

— Dis-moi quel malheur fou a fait éclater ton œil d'un sourire de deuil, demande, à côté, un phréno-logue en tutoyant la tête de Fleur de tonnerre qui porte encore les traces de plâtre du moulage de son visage destiné à une collection médicale consacrée aux grands criminels.

Alors qu'il commence à scier le crâne pour aus-culter le cerveau, un autre médecin attentif, entre les cuisses de l'empoisonneuse, constate :

— Elle n'a jamais été mère mais n'était pas vierge… Faustin Malagutti, d'où vient cette encom-brante couronne d'immortelles posée près du corps ?

— Un homme de Lorient l'a fait envoyer pour elle, répond le célèbre professeur de la faculté des sciences tout en fixant des fils de cuivre contre le cœur nu de la dépouille soumis à des expériences électro-magnétiques.

Alors qu'il règle l'appareil relié aux fils conducteurs, Malagutti entend près de lui la voix du phrénologue se désolant :

— C'est incroyable, son cerveau est normal, ce qui met à mal la théorie du tueur né. Elle n'a pas la bosse du crime, tout comme on n'a jamais repéré chez quiconque la bosse des mathématiques ou du commerce. Les idiots, les assassins, ont le même encéphale que les autres, à croire que la phrénologie serait une erreur dans son ensemble...

Les odeurs échappées du provisoire laboratoire de fortune empuantent le quartier. À travers les carreaux colorés d'un petit vitrail un peu descellé, on constate que les exhalaisons de l'endroit répandent une sorte de terreur aux narines des gens qui passent près de l'ossuaire d'où jaillit soudain un cri de fête :

— Regardez ! s'exclame Faustin Malagutti. Deux heures après l'exécution, l'appareil enregistre encore des contractions de l'oreillette droite. Son cœur bat toujours.

Le médecin, qui était entre les jambes, vient commenter le graphique que l'oscillateur dessine sur un papier millimétré :

— Si on peut appeler cela battre... On dirait plutôt des dernières secousses de peur.

Plouhinec

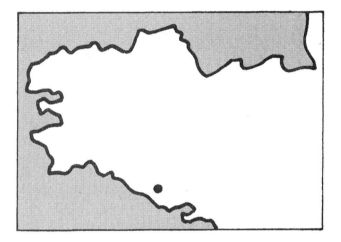

La une froissée du journal *L'Auxiliaire breton* roule sur la lande pendant le coucher du soleil. Elle s'envole un peu puis retombe au sol, file dans l'autre sens selon les bourrasques de vent. Devant la fière silhouette dressée d'un menhir, elle monte, descend, recommence, puis le contourne, le frôle, s'en éloigne. On dirait une caresse, des prémices. À la base du mégalithe, des branchages d'ajoncs blonds sont entassés là en toison. La semelle d'un sabot vermoulu s'abat sur un angle de la page imprimée, revenue à terre et qui titre en gras : **Réponse du maire de Guern aux divulgations post-mortem d'Hélène Jégado.**

26 mars 1852

Monsieur le rédacteur,

Je fus douloureusement surpris en lisant dans votre journal les révélations qu'Hélène Jégado a faites dans ses derniers moments. Elle a porté une accusation des plus graves contre une personne de ma commune.

J'ai dû prendre toutes les informations possibles pour parvenir à connaître si ces accusations étaient fondées.

J'ai interrogé cette Émilie de qui Hélène Jégado a prétendu avoir appris son funeste métier d'empoisonneuse. Je suis convaincu, par ses réponses aussi bien que par les renseignements d'ailleurs sur cette femme, qu'elle ne saurait être coupable de ce dont on l'accuse.

Journalière employée dans presque toutes les maisons du bourg, personne ne s'en est plaint. Jamais il n'est arrivé de mort violente ou suspecte dans les familles chez lesquelles elle a servi.

D'ailleurs le magistrat du parquet de la cour d'appel, délégué par M. le procureur général pour prendre des informations au sujet de ces inqualifiables révélations, a dû vous dire qu'il ne leur a trouvé aucun fondement.

Peut-être vous a-t-il dit aussi que la si chaste Émilie Le Mauguen, aujourd'hui pauvre femme paralytique dont la vie fut exemplaire, est toujours surnommée à Guern la sainte et la providence du pays.

Il est déplorable que cette malheureuse Hélène ait voulu, avant de mourir, rendre responsable de ses crimes une personne innocente.

Le Cam

Une très vieille main boueuse et ridée, couverte d'immensément longs poils, ramasse la page de journal qu'elle malaxe avant de la jeter sous la paille mêlée aux branchages disposés en bûcher autour du menhir. Les mêmes grands doigts maigres battent ensuite un briquet, obtenant une étincelle puis une flamme s'approchant du papier qui se met à brûler et à incendier la paille, les ajoncs secs. La violente lumière ainsi obtenue éclaire plus loin une chapelle sauvage à la porte ouverte et un petit vieillard velu, difforme, qui arrive en poussant, d'un bras à l'envers, la chaise roulante d'une femme immobilisée ne comprenant pas ce qui se trame. Le plat visage ahuri de celle-ci – au nez camus, yeux globuleux à ras de tête – paraît en proie à une perpétuelle peur des puissances invisibles, sa crainte des ténèbres.

À l'approche de cette femelle, même paralytique, le menhir érigé s'allume. L'éclairage des flammes le teint en rose. L'humidité de la nuit qui tombe le rend luisant et son sommet turgescent prend une couleur violacée due aux dernières lueurs de l'horizon.

Attrapée sous les aisselles à cinquante ans, l'handicapée se sent soulevée de sa chaise roulante par quatre bras nus, plus chevelus que ceux des singes, qui la poussent à sauter le pas. La voilà verticale, pantelante, et soutenue par deux vieillards octogénaires – bon pied, bon œil, ne les ayant plus en vertu d'arthrites – empressés autour de sa croupe, humant sa chair comme une soupe.

Près du mégalithe, la lande s'embrume d'un mystère et s'inquiète de l'intervention surnaturelle de ces deux ancêtres normands car les rêves de tels êtres peuvent devenir des vérités écloses.

Les perruquiers à longue barbe conduisent la femme vers la pierre levée en érection. Ces convertis au celtisme donc plus bretons que les Bretons, en *bragou-braz* et biniou déglingué sous un bras du grand borgne voûté, saisissent, chacun d'un côté, les poignets, qu'ils serrent comme dans un étau, de celle qui fut, enfant, petite bergère et ils dansent ! Ils dansent d'abord sur place puis se mettent en branle pour le plus grand plaisir du menhir raide qui s'en trouve enchanté. La toujours demoiselle blafarde n'a qu'une vague conscience de ce qui se passe. La voilà donc entraînée dans cette danse autour du monument, pieds traînant à terre ou envoyée en l'air.

Depuis la chapelle sauvage, à côté d'une statue de l'Ankou avec sa faux dressé sur un autel, le petit moulage en plâtre de Fleur de tonnerre – unique exemplaire vendu à Rennes – semble s'amuser de ce qu'il y a à voir dehors.

Au son strident du biniou désaccordé et à même la glaise, ressemblant à un far d'où se seraient échappés comme des fèves deux Poulpiquets velus et noirs, tout se met en marche. Ainsi que les vilains nains barbus d'une légende celtique, ils forcent à danser la paralytique. Parce que si près du bûcher, les yeux globuleux de la journalière de Guern sont deux flambeaux où son cerveau vient s'éclairer et va peut-être s'y brûler pour avoir trop approché les flammes. Les longs cheveux flottants, retenus aux corps des Normands par de la boue, crépitent en étoiles rouges d'un parfum âcre.

Alors que l'Ankou et Fleur de tonnerre couronnent de verveine leur front sans soucis, la danseuse semble être une buveuse à coude rabattu. C'est pour elle l'ouragan des tortures. Déréglée, elle se demande si elle va devoir souffrir longtemps jusqu'à ce qu'elle en meure. Au bord épais de la table en granit de la petite église dégénérée on peut lire : « Je ne ferai grâce à personne. »

Émilie, la voilà son éternité délirante accompagnée d'oiseaux croque-morts en rond autour du menhir excité. C'est une véritable ivresse dont elle ne reviendra pas. Il y a là une grande fatalité, n'est-ce pas ? Plongée dans des délires druidiques, elle appelle la race des humains. Si quelqu'un passe au loin, il dira qu'il a vu dans la lande danser des korrigans. Le pubis de la Le Mauguen, son coccyx, sa mâchoire, heurtent partout la pierre levée. Ah, c'est autre chose que des baies de belladone dans la soupe, les coups de sa gueule qui claque contre le menhir phallique. L'édifice érotique la déglingue et la mécanique sexuelle s'emballe dans une danse folle. Sous des milliards d'étoiles, la Morbihannaise ne sait plus où elle est.

« *Ya, ya, ya, c'hoazh, ya !...* (Oui, oui, oui, encore, oui !…) » Retenue par les manches qu'enveloppent, comme dans un linceul, les deux Lohengrin, Parsifal, là, elle ouvre son rêve et ses jambes en l'air à une mystérieuse perspective. Sueur de cidre, crêpe de lumière du brasier, et la danse qui accélère, elle croit son ventre déballer ses intestins fumants. Les bousculades idolâtres tombent encore sur elle et la harassent tant qu'elle apparaît, à chaque tour de la pierre levée, telle une désespérée qui brutalement se disloque en *brezhoneg* : « *Ya, c'hoazh, ya, kae !* *Red-sp*... (Oui, encore, oui, vas-y ! Éjac…) »

La pluie tombe. Le feu fume. *Mh*... Des vapeurs s'élèvent le long du menhir poursuivies d'escarbilles picotantes. De chaque côté du monument, les perruquiers au *bragou-braz* embrasé, roulent en boule comme des couilles congestionnées. L'handicapée démolie s'éparpille dans le bûcher alors c'est l'incendie. *Hou*... Des souffles de jets de flammes verticales montent irrépressiblement et, au turgescent sommet violet du mégalithe, *raah !*..., ça part dans tous les sens. Quel feu d'artifice dans la nuit. Ô, voie lactée.

Là, c'est Émilie qui s'est fait baiser par une légende bretonne mais, dans la chapelle maudite des Caqueux et remerciant les Normands, c'est la statue de Fleur de tonnerre qui jouit.

Remerciements pour leur collaboration
plus ou moins volontaire à :

Pierre Bouchardon, *Hélène Jégado, l'empoisonneuse bretonne* (Albin Michel, 1937) / Peter Meazey, *La Jégado, l'empoisonneuse bretonne* (Astoure) / Armand Fouquier, *Causes célèbres de tous les peuples, Jégado, volume 7* (Éditions Lebrun et Cie, 1865) / Georges Le Saout, *Hélène Jégado, portrait d'une empoisonneuse* (in *Les Nouvelles*) / *Procès d'Hélène Jégado, accusée de nombreux empoisonnements* (Jumelais) / Anatole Le Braz, *La Légende de la Mort* (Archipoche) / Jacques Cambry, *Voyage dans le Finistère* (Éditions du Layeur) / Prosper Hémon, *Saint-Yves-de-Vérité* (Éditions Champion) / Charles Le Goffic, *L'Âme bretonne* (Éditions PyréMonde) / Éric Rondel, *Traditions, croyances, superstitions et pardons de Basse-Bretagne* (Astoure) / Thierry Jigourel, *Une Bretagne fantastique* (Reflets de Terroir, Éditions CPE) / Jules Michelet, *Tableau de la France, vol. A* (Éditions Complexe) / Auguste Dupouy, *Michelet en Bretagne* (Éditions des Horizons de France) / Léon Bloy, *Journal* (Robert Laffont, « Bouquins »)

POCKET N° 14925

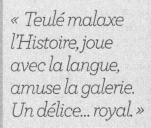

Jean TEULÉ
CHARLY 9

Pauvre Charles IX ! Considéré comme l'un des pires rois de France, il n'a cessé de prendre des initiatives malheureuses, comme le massacre de la Saint-Barthélemy, ordonné pour faire plaisir à sa mère. Abasourdi par l'énormité de son crime, il sombre dans la folie, chasse le cerf dans le Louvre, forge de la fausse monnaie pour remplir les caisses de l'État, offre à ses sujets affamés des brins de muguet.

Pourtant, il avait un bon fond...

Retrouvez toute l'actualité de Pocket sur :
www.pocket.fr

Composé par Nord Compo
à Villeneuve-d'Ascq (Nord)

Imprimé en France par

à La Flèche (Sarthe)
en février 2014

POCKET – 12, avenue d'Italie – 75627 Paris Cedex 13

N° d'impression : 3003986
Dépôt légal : mars 2014
S24446/01